AF239220

Peter Schädeli

Krumme Touren und kauzige Gestalten

Wanderabenteuer mit einem Augenzwinkern

10/2024

Copyright by Peter Schädeli, 8733 Eschenbach
Verlag: BoD · Books on Demand GmbH,
Überseering 33, 22297 Hamburg, bod@bod.de
Druck: Libri Plureos GmbH, Friedensallee 273,
22763 Hamburg
ISBN: 978-3-7597-8727-9

Vorwort

Liebe Leserinnen und Leser

Nach vielen Wanderungen, die mir mehr Blasen als Ruhm beschert haben, freue ich mich, Ihnen stolz mein neues Buch vorzustellen. Bevor Sie in die skurrilen Abenteuer eintauchen, möchte ich betonen: Alles, was Sie hier lesen, ist pure Fiktion. Weder die Figuren noch die Orte existieren wirklich. Und sollten Ihnen manche Szenen vertraut erscheinen, dann ist das allein Ihrer Fantasie zu verdanken. Ich wünsche Ihnen viel Vergnügen beim Lesen und hoffe, dass Sie genauso viel Spass daran haben wie ich beim Schreiben.

... und Dank

Ein herzliches Dankeschön geht an meine Lektorin Sue Bebie, die mit Adleraugen jedes Komma und jeden Rechtschreibfehler aufgespürt und den Text in eine wunderbar flüssige Form gebracht hat. Ohne ihre Hilfe wäre das Manuskript wohl eher als geheime Botschaft für Ausserirdische durchgegangen. Wenn meine Fantasie Höhenflüge unternahm, hat sie mich mit ihrem unfehlbaren Realitätssinn sanft wieder auf den Boden zurückgeholt.
Ein besonderer Dank gilt auch meiner Partnerin Carola Brack, die mit unerschütterlicher Geduld und Verständnis meine endlosen Schreibstunden ertragen hat. Durch ihre Unterstützung habe ich nie den Mut verloren, dieses Buch zu vollenden.

Inhalt

Wasser, Sonne und kein Stoff

Ich weiss immer noch nicht, was ich bei diesem herrlichen Wetter machen soll. Zum Wandern, sowie auch für den Frühlingsputz wird es heute gemäss Wetterbericht viel zu heiss werden. Ein Abstecher in ein Freibad ist für mich seit jeher ein Graus und kommt somit nicht infrage. Auf einen Kinobesuch habe ich in dieser Jahreszeit schlicht keinen Bock und zum Weiterschreiben an meinen Kurzgeschichten fehlt mir im Moment ganz einfach der Ansporn. Kurzum, ich bin gelangweilt und das entgeht Marina wie immer nicht. Sie behauptet seit jeher felsenfest, dass man es mir unmissverständlich ansieht, wenn ich antriebslos und lustlos bin. „Er tigert dann so zombiehaft in der Wohnung herum", erzählt sie unsern Freunden.

„Komm, lass uns endlich mal wieder ins Wasser springen – ich habe richtig Lust auf Schwimmen", sagt Marina.

Ich rümpfe die Nase: „Nein ich mag nicht. Du weisst doch, dass ich überhaupt keine Wasserratte bin und mit diesem nassen Element höchstens zum Duschen, Zähneputzen, Trinken oder Teigwaren kochen etwas anfangen kann."

„Aber es ist so heiss und ich sehne mich nach etwas Abkühlung und Erfrischung. Los, komm schon, überwinde dich, sei ein Mann." Während sie das sagt, legt sie den Kopf leicht schräg, fährt sich spielerisch durchs Haar und sieht mich mit einem Funkeln an, dem kaum zu widerstehen ist.

„Ich will aber nicht. Wirklich, bitte nicht."

Sie kann mich wahrlich für allerlei sportliche Aktivitäten begeistern, aber niemals für solche, bei denen man in einer Form mit Wasser in Berührung kommt. Ich habe keinerlei Leidenschaft für das nasse Element und bekomme diese auch nicht auf Knopfdruck. Schon als Jugendlicher habe ich Schwimmen, Planschen, Tauchen und all die anderen Wasseraktivitäten überhaupt nicht gemocht. Was der wahre Grund für meine *Hydrophobie* ist, weiss ich nicht. Mein verhasster Sportlehrer Bollinger trägt sicher eine Mitschuld daran, denn er zwang mich einst im Schwimmunterricht, trotz meiner panischen Angst vor dem Turmspringen, vom 3-Meter-Brett zu springen. Kein Wunder also, dass ich Wasser eher meide. Doch Marina kennt kein Pardon: „Peter, du musst mich unbedingt begleiten, allein ist es für eine Frau in dieser einsamen Wildnis viel zu gefährlich. Denk nur an die vielen Rinder, die liebestollen Älpler, die sich hinter Bäumen verstecken und deren eifersüchtige Frauen. Ich brauche unbedingt einen so starken Beschützer wie dich."

Ich schmunzle. Marina gibt mal wieder alles – mit allerlei Schauergeschichten versucht sie, meinen unauffälligen Beschützerinstinkt zu wecken, nur um ihre eigenen Interessen durchzusetzen.

„Ach, komm, hör doch auf", antworte ich und lache. „Mach dich nicht lächerlich. Schon so oft bist du allein mit deinem Körbchen und der roten, selbst gestrickten Sommerkappe stundenlang durch den dunklen Wald gestreift und hast Pilze gesammelt. Zu keiner Zeit ist ein böser Wolf aufgetaucht, der dich fressen wollte, und all die angeblich liebestollen Älpler haben stets einen grossen Bogen um dich herum gemacht. Und wieso fürchtest du dich neuerdings vor den Älplerinnen? Die tun dir bestimmt nichts."

Ich quengle noch eine Weile, gebe mich aber schliesslich geschlagen, denn sie macht mir ein Angebot, dem ich nicht widerstehen kann: „Du begleitest mich heute zum nahegelegenen Bergsee und im Gegenzug organisiere ich für dich eine Bierparty mit deinen Kumpels. Und weisst du, was das Beste daran ist?", fragt sie.

„Nein, was denn? Sag schon."

„Ich werde während der ganzen Fete nicht da sein", antwortet sie und sieht mich dabei mit einem prüfenden Blick an. „Ich komme erst am nächsten Tag wieder. Wie gefällt dir das?" Ihre Augen leuchten vor Vorfreude, während sie gespannt auf meine Reaktion wartet.

Ich zucke leicht mit den Schultern, grinse und nicke. „Klingt super", antworte ich, bemüht, meine Neugier nicht allzu offensichtlich zu zeigen.

„Perfekt", ruft Marina begeistert. „Ich mache mich nur schnell fertig, dann können wir los." Ohne eine Antwort abzuwarten, verschwindet sie leichtfüssig Richtung Badezimmer. Ich stehe miesepetrig vor meinem Zimmerschrank und suche wieder einmal meine uralten, grünen Badehosen. Da ich ja so selten Badekleider brauche, weiss ich gar nicht mehr, wohin ich sie beim letzten Mal versorgt habe. Urplötzlich steht Marina hinter mir. Ich zucke zusammen. „Weisst du, wo meine grosse Badetasche ist?", fragt sie ungeduldig.

„Nein, das weiss ich nicht. Aber ich vermute, dass sie immer noch dort ist, wo du sie zuletzt hingelegt hast."

„Super, du bist eine grosse Hilfe, wie immer", reklamiert sie und schleicht sich lautlos weg.

Ich suche weiter nach meiner Badehose, finde sie aber nicht. Da steht plötzlich wieder Marina vor mir. Sie posiert in ihrem neuen, schwarzen Bikini vor mir, in der einen Hand einen Strohhut, in der anderen einen blaugrauen Damenhut. „Findest du, dieser Hut passt gut zu meinem neuen Bikini?", will sie wissen. Schwungvoll setzt sie sich den modischen Strohhut auf. „Oder findest du, dass dieser besser passt?", fragt sie, nimmt den Strohhut herunter und setzt sich den blau-grauen Hut auf. Innerhalb von Sekunden erwartet Marina eine Antwort von mir. Ich lasse sie in Gedanken erst in ihrem Bikini mit Strohhut und anschliessend mit Damenhut den Laufsteg passieren. Sie gefällt mir mit Damenhut eine Spur besser, denn der harmoniert mehr mit ihrem schlanken Gesicht und sie sieht damit auch eine Spur kecker aus. „Nimm den Blaugrauen mit, darin siehst du jünger und frischer aus", empfehle ich überzeugt.

„Passt der überhaupt zu meinem Bikini?", fragt sie skeptisch.

„Klar, perfekt", antworte ich, – und frage mich insgeheim, warum die Farbharmonie zwischen Bikini und Hut für einen kurzen Abstecher an einen Bergsee derart entscheidend sein soll.

Sie zögert kurz. „Ich glaube, ich nehme doch lieber den Strohhut – der passt besser zu meinem Badeanzug."

„Ausgezeichnete Wahl. Mit dem Strohhut bist du nicht nur am Strand, sondern selbst auf der einsamsten Alp ein echter Hingucker", sage ich – obwohl mir ehrlich gesagt völlig egal ist, welchen Hut sie nimmt. „Aber so was von", ruft sie und schickt mir einen Kuss. Kurze Zeit später finde ich meine Badehosen zuunterst in der Socken-Schublade und ziehe mich eilig um. Jetzt bin auch ich bereit, wir können gehen. Zu meiner Verblüffung trägt Marina aber nicht den neuen schwarzen Badeanzug, sondern ihren schon etwas in die Jahre gekommenen, bunten Bikini – und dazu ausgerechnet den blaugrauen Damenhut. Wortlos drückt sie mir die Strandtasche in die Hand – vollgestopft mit allem, was sie für unverzichtbar hält: Proteinriegel, ungesüsster Tee, Pflaster, Badelatschen, ein Badetuch, ihr Strickzeug, das sie nie zu Hause lässt, und natürlich eine grosse Tube Sonnenschutzmittel. Nachdem sie sich überzeugt hat, dass nichts fehlt, nickt sie mir kurz zu, und wir machen uns auf den Weg.

Trotz der Hitze wandern wir den steilen Pfad hinauf, bis wir endlich den Gipfel erreichen. Der Blick von hier oben auf die umliegenden Berge und den angestrebten See ist ein wahrer Augenschmaus. Wir setzen uns, knabbern an den eingepackten Riegeln für den nötigen Energiekick und geniessen den gemütlichen Platz an der Sonne.
Plötzlich fragt Marina: „Peter, hast du heute Morgen auch ordentlich und dick Sonnenschutzcreme aufgetragen?"
„Ja, klar, pflichtbewusst, wie immer."
„Und an die Nase und die Ohren gedacht?"
Ich überlege kurz und schmunzle: „Ja, und an die Fusssohlen."
Sie schaut mich skeptisch an. Dann nimmt sie mein Gesicht zwischen ihre Hände, betrachtet es etwas genauer und stellt ernüchternd fest: „Wieder mal typisch. Der Herr hat natürlich wieder mal nur zögerlich Creme aufgetragen, obwohl Sonnenschutz doch so wichtig ist." Sie klaubt die Tube Sonnenschutzcreme aus der Strandtasche, drückt massig Gel auf ihre Hand und schmiert mein ganzes Gesicht gründlich damit ein. „So, jetzt sind definitiv alle Lücken geschlossen", sagt sie streng und wirft mir einen prüfenden Blick zu.
Nach einem kurzen, aber steilen Abstieg erreichen wir den

Bergsee. Er ist kristallklar, und die umliegenden Berge spiegeln sich majestätisch im Wasser. Wir schlendern um den See und suchen nach einem idealen Liegeplatz, doch das erweist sich als schwierig. Es scheint, als hätte sich die gesamte Bevölkerung der Umgebung hier versammelt. Die wenigen Schattenplätze sind bereits belegt und an den wenigen flachen Uferstellen tummeln sich Eltern mit ihren Kindern. Die bunten Badetücher am Ufer lassen keinen Zweifel daran, dass diese Plätze längst besetzt sind. Kinder kreischen und planschen mit ihren bunten Schwimmflügeln im Wasser, während ihre gestressten Eltern und erschöpften Grosseltern sie unermüdlich im Auge behalten. Ein aufgeblasenes, rosafarbenes Einhorn liegt verlassen am Ufer und wartet sehnsüchtig auf seine kleine Prinzessin. Doch wahrscheinlich wird es sich noch eine Weile gedulden müssen, denn im Moment widmet sich die Prinzessin lieber ihrer grossen Leidenschaft, dem Eisessen.

Ihre kleine Schwester kämpft unterdessen vergeblich damit, einer widerspenstigen Barbie-Puppe einen offensichtlich zu engen Badeanzug anzuziehen, was trotz leisem und ständigem Schimpfen einfach nicht gelingen will.

Ein paar Jungs werfen ihr Frisbee unbeirrt über die Köpfe der Liegenden hinweg, trotz des missbilligenden Murrens und Kopfschüttelns einiger Anwesenden.

Marina bleibt plötzlich stehen, dreht sich zu mir um und tadelt mich: „Wenn du meinem Vorschlag, schwimmen zu gehen, gleich zu Beginn kompromisslos zugestimmt hättest, anstatt wie immer bei diesem Thema eine endlose Diskussion loszutreten, dann hätten wir viel früher losziehen können. Wir wären dadurch früher hier gewesen, es hätte garantiert viel weniger Leute gehabt als jetzt und wir hätten uns seelenruhig einen der besten Plätze aussuchen können. Aber nein, deinetwegen muss ich jetzt leider mit einem Restposten vorliebnehmen."

„Bitte, hab etwas Geduld. Wir finden schon noch ein lauschiges Plätzchen für uns."

„Ein lauschiges? Vergiss es, die sind inzwischen alle weg, der frühe Vogel fängt den Wurm. Ich muss mich bestimmt mit einem lausigen begnügen." Plötzlich geht alles sehr rasch. Sie schreitet los und besetzt die soeben frei gewordene Liegefläche. Schnell packt sie den Bikini und ihre Badeutensilien aus, wirft ihr breites Badetuch über meine Schultern und wünscht: „Bitte, schirme mich vor fremden Blicken ab, damit ich mich ungestört umziehen kann."

Ich stelle mich wie ein Türsteher vor sie, spanne mit ausgestreckten Armen das Badetuch als Paravent vor ihr auf und halte nach neugierigen Gaffern Ausschau. „Alles in Ordnung, du kannst dich umziehen", sage ich.

Sie seufzt und ächzt. Es knistert und raschelt.

„Das dauert ja wieder ewig", jammere ich. „Beeile dich bitte etwas, denn ich bekomme den Krampf in den Armen."

„Schau, schon fertig", verkündet Marina. Sie legt alle ihre ausgezogenen Kleider ordentlich auf den Boden, watet in den kalten See und schwimmt froh gelaunt im glasklaren Wasser. Ich lasse meine ermüdeten Arme ächzend fallen, versorge alle ihre Sachen in ihrer Strandtasche, geniesse die aufkommende, kühle Brise und erfreue mich am bunten Treiben um mich herum.

Inzwischen taucht eine Horde Jugendlicher mit ihren Stehpaddelbrettern auf. Sie rennen ins seichte Wasser und versuchen, ihre Bretter ins Wasser zu setzen. Während es einigen auf Anhieb gut gelingt, haben andere eher Mühe damit. Sie stolpern über ihre eigenen Füsse und landen immer wieder im Wasser, was bei den vielen umstehenden Zuschauern schadenfrohes Gelächter auslöst. Hat man es einmal geschafft, auf seinem Board zu stehen, besteht die eigentliche Kunst darin, sich oben zu halten und loszupaddeln. Wild gestikulierend, fallen einige immer wieder ins Wasser und kämpfen sich fluchend und mühsam zurück auf ihr Board.

Ich bekomme Lust auf ein Bier. Ob ich im kleinen, etwas abgelegenen Seerestaurant wohl eines kaufen kann? Marina ist indes in der Mitte des Sees angekommen. Sie schwimmt auf dem Rücken und winkt mir zu. Mit dem Handzeichen, bei dem ich den Daumen an die Lippen halte und die Hand aufwärts gegen den Mund kippe, gebe ich

Marina zu verstehen, dass ich etwas zum Trinken hole. Sie schüttelt draussen im Wasser den Kopf, was ungefähr bedeutet: Ich habe im Moment keinen Durst, aber sehr wahrscheinlich etwa später. Ich mache mich auf den Weg. Im kleinen Seerestaurant gibt es alles, was der Mensch angeblich braucht – und noch einiges mehr, das niemand je vermissen würde. An einem Kleiderständer hängen Bikinis, Badehosen, viele andere Badeartikel und Accessoires in verschiedenen Farben und Grössen von allen nur erdenklichen Modelabels. In einem hölzernen Rechen werden poppige Stand-up-Paddel zum Mieten angeboten. Mit einer aufgeblasenen Gummipalme und etwas Sand auf dem Boden versucht man, einen Hauch Karibik in die Boutique zu zaubern. Barbados-Feeling in den Bergen? Etwas sonderbar, finde ich. In der Umkleidekabine hängt ein Wandspiegel, der den Badebegeisterten beim Anprobieren der neuesten Bademode beisteht und ihnen unverblümt zeigt, ob sie sich wirklich für die richtige Farbe und die passende Kleidergrösse entschieden haben. Viele verschiedene Getränke stehen als Durstlöscher in der einzigen Kühlvitrine im Angebot. Sie teilen sich den engen Innenraum mit eingeschweissten Sandwiches. Auch selbst gemachtes Popcorn wird teuer verkauft, und es gibt tatsächlich zwei Sorten Bier: ein helles Alpenbier mit und ein helles Alpenbier ohne Alkohol. Mit zwei Flaschen Bier und einem Tütchen meiner Lieblings-Bonbons, die ich kiloweise verputze, flaniere ich zu unserem Liegeplatz zurück.

Marina hat inzwischen ihre Schwimmrunden beendet und sonnt sich auf ihrem Strandtuch. Ich setze mich zu ihr hin und trinke genüsslich das Bier. Sie richtet sich auf und beginnt zu schimpfen: „Du gehst weg, holst dir etwas zum Trinken und lässt meine Strandtasche mitsamt meinem Portemonnaie und Handy unbeaufsichtigt liegen. Bitte, nimm sie doch das nächste Mal mit."

„Es tut mir leid, das habe ich vergessen", entschuldige ich mich und wende mich wieder meinem Bier zu.

Einige Zeit später, als sich die Wogen etwas geglättet haben, bittet sie mich um einen Gefallen: „Könntest du mir bitte den Rücken noch einmal eincremen?" Ohne meine Antwort abzuwarten, legt sie sich auf den Bauch.

„Ja, selbstverständlich – das tue ich gern", sage ich und beginne, die Sonnencreme zu verteilen. Ich konzentriere mich ganz auf Marinas Rücken und lasse meinen Blick nur hin und wieder über das Wasser schweifen.

Da tut sich in unserer Nähe etwas völlig Unerwartetes. Eine Frau steigt splitternackt aus dem Wasser, schwingt lasziv ihre nassen Haare und stolziert zurück zu ihrer Strandmatte. Kaum trifft sie dort ein, steht ihr Begleiter auf, legt sein Badetuch um ihre nassen Schultern und rubbelt sie liebevoll trocken. Währenddessen drückt sie ihn fest an sich und küsst ihn leidenschaftlich. Alle Blicke sind auf sie gerichtet, jemand klatscht Applaus und ich verliere Marinas Rücken aus den Augen. „Pass doch auf. Was tust du?", schimpft Marina. „Du cremst ja meine Bikinihose ein."

Ich zucke zusammen, halte einen Moment inne und konzentriere mich sofort wieder auf Marinas Rücken. Marina seufzt und sagt: „Bitte konzentriere dich auf das, was du gerade tust und bleib bei der Sache."

Ich zögere kurz, dann erwidere ich: „Ich war ganz kurz abgelenkt."

„Wovon denn?", fragt sie misstrauisch.

Ich schlucke und denke schnell nach: „Ich dachte, ich hätte soeben Flamingos gesehen."

Ihr Lächeln verrät, dass sie mir die Geschichte mit den Flamingos nicht ganz abnimmt. Gemächlich dreht sie den Kopf zur Seite: „Du hast doch dein Käppi auf, oder?"

„Ja, wie immer. Warum fragst du?"

Marina antwortet trocken: „Entweder hast du einen Sonnenstich, oder du bist ein sehr kreativer Lügner. Flamingos in einem Bergsee? Da musst du dir schon etwas Besseres einfallen lassen."

Schnell lenke ich sie ab: „So, jetzt bist du wieder nahtlos eingecremt", versichere ich und gebe ihr einen Klaps auf den Hintern. „Und meine Bikinihose ist es auch", ergänzt Marina und setzt sich auf. Sie schaut mich ernst an: „Nächstes Mal will ich die Wahrheit hören." Ich nicke ein wenig beschämt: „Versprochen", sage ich, während sie mich mit einem leicht belustigten Blick mustert und entspannt zurücklehnt.

Allmählich kommt frischer Wind auf. Die Sonnenanbeter brechen ihre Lager ab und machen sich mit sonnendurchtränkten Körpern auf den Heimweg. „Ich möchte nach Hause, mir ist kühl", sagt Marina und bittet mich, ihr beim Umziehen wieder beizustehen. Also stelle ich mich wieder breitbeinig vor sie hin, spanne ihr Badetuch erneut wie ein Sonnensegel auf und vergönne somit jedem Gaffer einen lustvollen Moment. Marina friert und zieht sich deshalb schnell um. „Schau mal hier", jammert sie und deutet mit dem Finger auf den Sonnencremefleck auf ihrer Badehose. „Der geht bestimmt nie mehr raus."

„Doch, mit Backpulver", antworte ich trotzig.

Sie verzieht das Gesicht: „Seit wann kennst du dich mit Backzutaten aus?"

„Ich kenn mich auch mit Waschmittel, Gummibärchen und IKEA-Anleitungen aus. Ich bin ein Mann mit Tiefe."

„Oh, wirklich?" Sie verschränkt die Arme und grinst: „Vielleicht solltest du mir mal zeigen, wie viel Tiefe ein Gummibärchen wirklich hat."

„Weisst du, ich hab das Gefühl, du nimmst mich gerade nicht ernst."

„Oh doch", sagt sie trocken, „ich nehm dich so ernst wie eine Waschanleitung auf Chinesisch."

Es folgt ein kurzer Moment der Stille, während ich mein Bier austrinke. „Holst du mir bitte ein Eis?", bittet Marina, „ich habe Lust auf etwas Kühles."

„Ja, das mache ich. Welche Sorte möchtest du?"

„Am liebsten Vanille oder Stracciatella."

Ich mache mich schleunigst zum Seerestaurant auf und kaufe Marina ihr Lieblingseis.

Auf dem Rückweg fällt mir auf, dass sie inzwischen unerwarteten Besuch bekommen hat. Sie winkt mir hektisch zu, ein unmissverständliches Zeichen, dass sie dringend meine Hilfe benötigt und ich mich beeilen soll. Sie wirkt aufgebracht, und ich beginne mir Sorgen zu machen, während die verrücktesten Gedanken durch meinen Kopf schwirren. Als ich schliesslich bei ihr ankomme, kann ich mir ein leichtes Schmunzeln nicht verkneifen. Vor Marina steht tatsächlich ein älteres Paar in Wollsocken und Sandalen, das sie lebhaft anspricht, während sie ihre Badesachen einpackt.

„Was ist denn los?", frage ich sofort, während ich ihr das Eis überreiche.

Marina fühlt sich bedrängt und sagt erleichtert: „Peter, gut, dass du da bist. Diese beiden belästigen mich seit deiner Abwesenheit und verbreiten Lügen über mich."

Der fremde Mann mustert mich misstrauisch und fragt mit scharfem Ton: „Und wer sind Sie?"

„Ich bin ihr Partner", antworte ich ruhig.

„Partner, ja? Komisch – dafür wissen Sie aber erstaunlich wenig, was hier eigentlich los ist."

Da mischt sich seine Frau ein: „Wir verbreiten keine Lügen. Wir haben alles ganz genau gesehen – da gibt es nichts zu leugnen."

Ihr Mann nickt zustimmend: „Sagen Sie mal, was hat sich Ihre Partnerin eigentlich dabei gedacht?"

„Wobei?", frage ich verwirrt. „Ich weiss nicht, wovon Sie sprechen."

Die fremde Frau schnaubt empört: „Es ist absolut unerhört, dass ihre Frau splitterfasernackt aus dem See steigt, zum Ufer spaziert und sich dort im Adamskostüm einem Mann um den Hals wirft, um ihn vor all diesen Leuten leidenschaftlich zu küssen. Das ist unverschämt und gehört sich nicht." Sie errötet vor Empörung. Marina ist sichtlich aufgewühlt. „Peter, ich habe diesen Herrschaften schon mehrfach erklärt, dass es sich um ein Missverständnis handeln muss. Ich habe meinen Bikini den ganzen Tag ordentlich und anständig getragen und ihn nie ausgezogen."

„Ja, das kann ich nur bestätigen. Und von einem leidenschaftlichen Kuss weiss ich rein gar nichts, ich bin nämlich den ganzen Tag ohne einen Kuss geblieben", füge ich hinzu. Die ältere Dame mustert mich von oben bis unten und sagt dann: „Das überrascht mich nicht, aber von Ihnen ist hier gar nicht die Rede. Wir sprechen von einem attraktiven und sportlichen Mann, der von ihrer reizenden Frau verführt wurde."

„Genau. So etwas ziemt sich nicht und ärgert uns ungemein, besonders da hier auch viele Familien mit ihren Kindern sind. Beim nächsten Mal rufen wir die Polizei", fügt ihr Mann hinzu.

Ohne ein weiteres Wort zu verlieren, fasst er seine Frau an der Hand und zieht mit ihr los. Immer wieder bleiben die beiden stehen, drehen sich um und schütteln den Kopf. Marina und ich schauen uns an und brechen in lautes Gelächter aus. „Sag mal, küsst dieser Typ eigentlich besser als ich?", frage ich spasseshalber.

Marina überlegt kurz und sagt: „Ja, einiges besser. Vor allem sein Zungenspiel ist weltmeisterlich."

Ich pruste los, dann seufze ich: „Ah ja – und bestimmt sieht er auch viel besser aus als ich." Ich spiele gekonnt die beleidigte Leberwurst.

„Ach, wo denkst du hin", sagt Marina und lacht herzhaft, nimmt meinen Kopf zwischen ihre Hände und küsst mich. „Es ist doch absolut egal, was diese verrückte Alte auch immer von deinem Äusseren hält, für mich siehst du trotz vorgerücktem Alter immer noch sehr respektabel aus."

Epilog:

Die Bierparty fand dann tatsächlich statt – eine Woche später. Marina hielt ihr Versprechen, wie immer, und trumpfte gross auf: mit Stil, Bier, Grill und Musik. Sogar ein paar meiner Kollegen hatte sie eingeladen. Die Stimmung war ausgelassen, das Bier eiskalt, und die Geschichten wurden im Laufe des Abends immer besser – und lauter.

Marina selbst liess sich nicht blicken. Sie übernachtete demonstrativ bei einer Freundin, ganz wie angekündigt: „Ich werde während der ganzen Fete nicht da sein. Ich komme erst am nächsten Tag wieder." Vielleicht war das auch besser so – denn ehrlich gesagt: So friedlich und unbeschwert ist's bei uns selten zugegangen.

Wanderfrust und Zipperlein

Der gelbe Bus erreicht pünktlich die Passhöhe. Marina und ich steigen gemeinsam mit der kleinen, bunt gemischten Reisegruppe aus, und schlendern nach und nach zum markanten gelben Wegweiser, wo die Reiseleiterin bereits auf uns wartet. Hier oben gibt es nicht viel zu sehen: Ein offensichtlich dauerhaft geschlossenes Restaurant, umringt von Bauprofilen und ein einfacher Unterstand für Wanderer. Wer Durst hat, kann sich am kühlen Quellwasser des einzigen Steinbrunnens erfrischen, und für dringende Bedürfnisse steht ein stark verwittertes, mobiles WC bereit. „Marina, halte doch bitte mal meinen Rucksack, ich muss noch dringend für kleine Buben."

Sie nimmt ihn mir augenrollend ab: „Oh, mein Gott. Es ist immer dasselbe mit dir. Bitte beeil dich, sonst müssen wieder alle auf uns warten."

„Ja, ja", murmle ich.

Natürlich treffen wir, wie von Marina befürchtet, als letzte bei der Wandergruppe ein. All die anderen stehen gelangweilt herum und durchbohren uns mit bösen Blicken. Die Wanderleiterin schaut streng und stellt laut fest: „So, jetzt sind wir vollständig." Sie streckt ein buntes Fähnchen in die Höhe und begrüsst uns mit rauchiger Stimme: „Mein Name ist Gisela und ich heisse euch herzlich willkommen zu unserem heutigen Seniorenausflug. Ich bin diplomierte Landwirtin und arbeite nebenbei als Reiseleiterin. Es freut mich sehr, euch durch diesen Tag zu begleiten. Da ich sehe, dass viele von euch schon etwas älter sind, werden wir den Ausflug gemütlich und mit Bedacht angehen. Unser Ziel ist das Bergrestaurant *Ramsch und Rösti*, wo wir gemeinsam zu Mittag essen werden. Hat noch jemand Fragen?" Gisela blickt in die Runde. Niemand meldet sich, es scheint alles klar zu sein.

Gisela trägt ihre schwarze Regenjacke lässig offen, damit ihr teures Designer-T-Shirt darunter gut zur Geltung kommt. Auf der Brust prangt ein kleines Namensschild, verziert mit silbernen Kuhmotiven. Ihr beigefarbener Sonnenhut schützt ihr Gesicht vor weiteren Sonnenstrahlen, denn die Spuren des Feindes von oben sind auf ihrer Haut bereits deutlich sichtbar. „Noch etwas Wichtiges zum Ablauf des heutigen Tages", schmettert sie hinaus. „Ich ersuche euch inständig, stets das Fähnchen im Auge zu behalten und dicht beieinanderzubleiben, damit mir unterwegs niemand abhandenkommt. Ich verspüre keine Lust, jemanden suchen zu müssen. Wir wandern in fünf Minuten los." Dann überlegt sie kurz und fordert uns auf: „Überprüft bitte noch einmal eure Wanderschuhe, ob die Schnürsenkel richtig fest sitzen. Muss vielleicht noch jemand austreten?"

Kaum hat sie die Frage gestellt, da geht schon ein lautes Raunen durch die Gruppe. „Was glaubt die eigentlich, wer wir sind?", schimpft eine rüstige Seniorin. Sie trägt hautenge Jeans und kostspielige Wanderschuhe. „Wir sind doch hier nicht auf einer Schulreise – eine Unverschämtheit."

„Reg dich nicht so auf, Schatz. Gisela weiss sicher, was für uns am besten ist. Immerhin ist sie eine diplomierte Fachkraft", sagt der Mann an ihrer Seite und versucht sie zu beschwichtigen.

„Ob diplomierte Landwirtin oder was auch immer, ihre berufliche Qualifikation ist mir gänzlich egal. Ich weiss selbst am besten, ob meine Schuhe richtig gebunden sind und wann ich auf die Toilette muss."

Die ganze Gruppe bekommt ihre empörten Worte mit und nickt zustimmend. Ihr Begleiter schweigt und sieht sich verlegen nach allen Seiten um.

„Verdammter Mist – wer hat die ins Boot geholt? Für einen Sonntagsbummel brauchen wir doch keine Aufpasserin", murrt ein Mann mit kahlrasiertem Schädel und markanten Zügen, die der Dreitagebart noch verwegener wirken lässt. Ich werde auf ihn aufmerksam und frage mich, warum er ausgerechnet diesen Zwergenschirm spazieren trägt – zu seiner Statur passt er so wenig wie ein Hut auf einen Strassenpfahl.

Seine attraktive Begleiterin pflichtet ihm bei, unüberhörbar auf seiner Linie. „Ganz genau – wir brauchen wirklich niemanden, der auf uns aufpasst." Sie wirkt deutlich jünger als er, ihr Haar ist zu einem Pferdeschwanz gebunden. Das Make-up ist makellos und auf dem Kopf trägt sie eine Baseballkappe mit gesticktem Logo. Ihr Teint glänzt in der Sonne – vermutlich das Resultat von etwas zu grosszügig aufgetragener Sonnencreme.

Gisela ergreift erneut das Wort und ruft: „Die fünf Minuten sind um. Wir brechen auf. Und wie schon gesagt – behaltet stets mein Fähnchen im Auge, damit niemand den Anschluss verliert."

Gisela geht wacker voran und streckt ihr Fähnchen in die Höhe. Man kann es von überall her gut sehen. Ständig dreht sie sich um und vergewissert sich, ob ihr auch alle folgen. Sie führt uns an bunten Wiesen und saftigen Weiden vorbei. Zurzeit haben hier die Rindviecher die Oberhand. So weit das Auge reicht, weiden Kühe und Kälber. Vereinzelt treffen wir auf frisch geschorene Alpakas. Die sonst so flauschigen Tiere mit ihrem liebevollen, herzerweichenden Blick und der typischen Zahnstellung beobachten uns Fremdlinge argwöhnisch. Die herrliche und stille Bergwelt wird nur durch unser lautes Reden und Diskutieren, dem permanenten Husten und dem lauten Lachen einiger Senioren gestört. Geraume Zeit später fällt die Wandergruppe immer weiter auseinander und für Gisela an der Spitze wird es immer schwieriger, die gut gemeinte Kontrolle über ihre Schäfchen zu behalten. Zudem scheint augenfällig, dass ein altes Ehepaar bereits ziemlich weit zurückgefallen ist und nicht mit dem Rest der Schar mithalten kann. Natürlich fühlt sie sich gedrängt, als Reiseleiterin zu handeln, und nimmt augenblicklich ihre vermeintliche Verantwortung wahr. Sie bleibt abrupt stehen, streckt ihr Fähnchen weit in die Höhe (man kann es von überall her gut sehen) und ruft laut: „Stopp!" Gemächlich schliessen wir zu ihr auf und scharen uns widerwillig um sie. „Wir legen hier eine kurze Pause ein und warten, bis wir wieder komplett sind", bestimmt sie. Wieder geht ein Raunen durch die Wandergruppe, gefolgt von hörbarem Gemurre und Getuschel. Vier schütteln den Kopf – und verabschieden sich auf Polnisch.

„Ach, du meine Güte. Es muss ja eine wahrlich grosse Herausforderung sein, so eine kleine Gruppe im Zaum zu halten", spottet der Glatzköpfige.

„Oh ja, eine wahre Herkulesaufgabe", pflichtet ihm seine Partnerin mit einem selbstbewussten Lächeln bei, während sie gekonnt Farbe auf ihre vollen Lippen nachträgt.

Irgendetwas an dieser Gruppe wirkt zunehmend befremdlich auf mich. Einer motzt immer, die anderen tun so, als merkten sie's nicht – und gerade dieses scheinbar reibungslose Funktionieren macht die Stimmung nur noch schiefer. Auch die ganze Aufmachung – das Fähnchen, die Ansagen, dieses verkrampfte Bemühen um Ordnung – trägt das Ihre dazu bei. Allmählich beschleicht mich der Verdacht, dass dieser Ausflug weder ein Genuss noch ein entspanntes Beisammensein werden wird, sondern eher ein pädagogisch betreuter Wandertag. Vielleicht sollten Marina und ich uns rechtzeitig aus dem Staub machen.

„Marina, komm, lass uns gehen. Wir finden die Beiz auch ohne Gisela und ihr blödes Fähnchen. Ich hab wirklich Hunger."

„Nein, Peter, wir bleiben. Man haut nicht einfach ab", entgegnet sie entschlossen.

Ich versuche es erneut: „Sei doch nicht immer so überkorrekt. Bitte, komm jetzt – bevor ich verhungere."

Doch Marina bleibt standhaft. Ganz beiläufig legt sie eine Hand auf meinen Bauch und meint trocken: „Verhungern wirst du bestimmt nicht."

Ich seufze, gebe mich geschlagen und harre murrend aus.

Da tauchen endlich die beiden Nachzügler auf. Der Mann prustet und schwitzt, und die Frau redet unentwegt auf ihn ein. Die übrigen drehen sich zu ihnen um, manche erleichtert, andere schon leicht genervt. Man spürt, wie die kleine Verspätung das Gefüge der Gruppe ins Wanken bringt.

„Na, endlich seid ihr da. Habe ich nicht dringlich darum gebeten, dicht beieinanderzubleiben?", fragt Gisela leicht verärgert. Die alte Frau stammelt: „Entschuldige, bitte. Wir haben einen Nothalt einlegen müssen, denn mein Mann Viktor wird wieder von zünftigen Knieschmerzen geplagt und ich habe ihm die Kniebandage überziehen müssen. Weisst du, Gisela, seit der Operation vor einem Jahr treten bei ihm diese Probleme leider immer wieder auf."

Ihr Mann Viktor fährt empört dazwischen. „Diese Stümper von Ärzten! Die haben bei der Knieoperation gepfuscht – kein Wunder, dass ich ständig Schmerzen habe", ruft er.

Seine Frau schüttelt den Kopf: „Nein, das ist einfach nicht wahr – und das weisst du auch. Du hast deine Übungen nicht regelmässig gemacht, und schon gar nicht korrekt. Ich kann mich doch nicht um alles kümmern…"

„Bei meiner Mutter ist das genauso gewesen, die hat auch nicht …", fällt ihr ein Mann ungefragt ins Wort.

Mit ernster Miene unterbricht die Dame mit den teuren Wanderschuhen das Gespräch und lenkt es auf den Leidensweg einer Freundin: „Ich kenne da auch einen schlimmen Fall. Angefangen hat es damit, dass …"

Dieses Thema nimmt allmählich die gesamte Gruppe in Beschlag und es entzündet sich eine hitzige Debatte. Alle reden kreuz und quer durcheinander, keiner hört dem anderen wirklich zu. Marina schnaubt laut. Sie wirkt von einer Minute auf die andere ernüchtert. Ihr Gesicht verfinstert sich merklich und langsam beschleicht auch sie ein Unbehagen. Wie bin ich froh, dass Gisela das chaotische Geschwätz abrupt unterbricht: „So, Schluss mit diesem Gejammer – das ist ja kaum auszuhalten. Man fühlt sich wie auf einer Bauernversammlung."

Einige aus der Gruppe reagieren prompt, fühlen sich offenbar getroffen und protestieren lautstark. Ich würde wetten, dass ein paar von ihnen tatsächlich Landwirte sind. Wer sonst würde sich derart angesprochen fühlen und sich sofort rechtfertigen wollen?

Kaum habe ich den Gedanken zu Ende gedacht, trifft es Viktor wie ein Schlag: Ganz plötzlich und ohne Vorwarnung wird er vom Kahlköpfigen angequatscht – mit der typischen Mischung aus viel Spott und Selbstgerechtigkeit: „He, Humpelstilzchen, du hättest deine Bewegungstherapie viel pflichtbewusster machen sollen, dann wäre dein Knie längst geheilt und wir hätten nicht auf dich warten müssen."

Viktor reagiert aufgebracht: „Klappe, Meister Proper, das geht dich gar nichts an. Halt du dich da raus."

Der Haarlose stichelt unbekümmert weiter: „Ich glaube, du solltest dich langsam auf den Weg machen, wenn du es noch vor morgen Mittag nach Hause schaffen willst."

Seine Partnerin hält sich kichernd die Hand vor den Mund – offenbar amüsiert sie sich köstlich, wenn er sich mit jemandem anlegt.

Viktor fühlt sich provoziert. Verärgert kontert er: „Selbst mit meinem lädierten Knie bin ich immer noch schneller zu Fuss als du mit deinen beiden gesunden Beinen."

„Ach, komm schon, das glaubst du ja selbst nicht. Bei dir hapert's doch nicht nur am Knie", stichelt der Kahlköpfige weiter.

Die Hänseleien gehen unvermindert weiter und bringen beinahe das Fass zum Überlaufen. Auch Gisela bekommt die unnötigen Foppereien mit, bleibt aber ungewohnt ruhig und bedacht. Sie unterbricht die beiden Streithähne und schlichtet: „So, jetzt ist aber Ruhe im Gehölz, bleibt anständig."

Viktor ist ausser sich vor Wut. Er schimpft heftig: „Mir reicht's, ich habe die Schnauze gestrichen voll. Ich muss mir Meister Propers saudummen und einfältigen Kommentare nicht länger anhören. Ich drehe um." Er verabschiedet sich von Gisela und humpelt ohne weitere Erklärungen los. „Erika, kommst du?", ruft er seiner Frau zu. Sie folgt ihm mit einem Schulterzucken und redet drauflos. Gisela atmet tief durch, lässt ihren Blick über die nun kleinere Gruppe gleiten und hebt ihr Fähnchen hoch, es ist für alle gut sichtbar. Dann setzt sie sich in Bewegung, absichtlich etwas langsamer, um sicherzustellen, dass auch wirklich niemand mehr zurückbleibt.

Allmählich verliert der Weg an Steigung und wir blicken in eine prächtige Bergwelt. Und tatsächlich, am Ende der Wanderung steht da ein kleines Berggasthaus. Es ist überaus laut und hektisch hier. Der verlockende Duft von gebratenen Würsten lässt einem das Wasser im Mund zusammenlaufen. Von dem stark beanspruchten Kohlengrill steigen weisse Rauchschwaden auf, die glücklicherweise durch den selbst angefertigten Eisenkamin entweichen können. Der Grillmeister verwandelt saftige Fleischstücke in wahre Delikatessen, während seine geschickten Hände die Gemüsespiesse rechtzeitig wenden, sodass nichts anbrennt. Bereits haben sich viele Gäste hungrig und durstig auf der kleinen, engen Terrasse niedergelassen. Es ist kaum verwunderlich, dass die wenigen Schattenplätze schon fast alle besetzt sind. Ohne zu zögern schiesse ich los, sprinte wie bei einem Startschuss über die Terrasse und reisse mir einen Platz im Kühlen unter den Nagel. Marina schüttelt zwar den Kopf, doch sie sprintet mir lachend hinterher. Unsere überhastete Attacke wirkt wie das Signal zum Start: Im Nu stürmt auch der Rest der Gruppe los – ein regelrechtes Rennen um die letzten Schattenplätze beginnt. Als das Gedränge endet und jeder seinen Platz gefunden hat, legt sich die Hektik. Zurück bleibt eine träge Stille – die Aufregung ist verflogen, die Langeweile zieht ein.

Einige Zeit später erscheint der Kellner, um unsere Bestellungen aufzunehmen. Angesichts der endlosen Sonderwünsche dieser verwöhnten Gesellschaft bewahrt er eine bemerkenswerte, ja fast bewundernswerte Geduld. Was da an Sonderwünschen bestellt und verlangt wird, überfordert nahezu jeden noch so routinierten Kellner. Marina und ich, unkompliziert wie wir halt sind, bestellen kurz entschlossen eine Gerstensuppe und eine Flasche Wasser. Punkt.

Der Kahlkopf will nichts essen. Er bestellt sich eine leicht temperierte Flasche Bier und erklärt: „Ich vertrage einfach kein kühles Bier mehr. Trink ich es kalt, muss ich ständig austreten – und das …"

„Ist gut, mein Schatz, du musst dich nicht rechtfertigen. Ich weiss, dass das sehr unangenehm für dich ist", tröstet ihn seine Partnerin.

„Du bist so verständnisvoll. Ich liebe dich, Schnecke", sagt er und blickt ihr derweil tief in die Augen. Dann schweift sein

Blick langsam in ihr üppiges Dekolleté und abschliessend küsst er sie auf ihren tiefroten Mund.

Der Kellner scheint in Eile zu sein. Er räuspert sich und sagt: „Entschuldigen Sie die Störung, gnädige Frau. Meinen Sie, diese Kussszene dauert noch länger? Wenn ja, komme ich später gerne wieder ans Filmset vorbei."

Die Angesprochene wirft ihm einen verächtlichen Blick zu und bestellt ein Glas kaltes Leitungswasser mit einem Schnitz Zitrone. Dann merkt sie trocken an: „Auf Ihrer Speisekarte finde ich nichts Veganes."

„Natürlich nicht, wir bieten hier oben so etwas nicht an", entschuldigt sich der Kellner schnippisch.

„Dann bringen Sie mir trotzdem eine Portion davon."

Der Kellner hebt nur eine Augenbraue, quittiert ihre Worte mit frostiger Gleichgültigkeit und wendet sich der Dame mit den luxuriösen Wanderschuhen zu. Diese beugt sich verschwörerisch vor: „Mein Mann und ich würden das Tagesmenü nehmen, aber bitte ohne die grünen Bohnen. Wissen Sie, wir vertragen sie einfach nicht mehr. Und jedes Mal, wenn wir doch welche essen … nun ja, Sie können sich denken, was passiert." Ihr Mann nickt zustimmend und senkt leicht den Blick – offenbar ist ihm unangenehm, dass seine Frau das Thema so offen anspricht. Der Kellner zuckt nur mit den Schultern, notiert die Bestellung und hastet etwas verwirrt zum nächsten Tisch. Auf seinem Weg stolpert er fast über eine lose Fliese, fängt sich aber gerade noch rechtzeitig und wirft der Fliese einen tadelnden Blick zu, als wolle er sie für den Zwischenfall verantwortlich machen. Ein leises Raunen geht durch die Gäste. Dann setzt er seinen Weg fort, als sei nichts passiert.

Schon kurze Zeit später kriegen wir die Bestellungen und allmählich kehrt in der Gartenwirtschaft Ruhe ein. Für mich ist das ein untrügliches Zeichen: Alle sitzen jetzt vor vollen Tellern. Ich höre wieder das Rufen des Mäusebussards und das ferne Muhen der Kühe. Jetzt habe ich Zeit, durchzuatmen und meinen Blick schweifen zu lassen – aufmerksam nehme ich wieder wahr, was um mich herum passiert. Im Nu hat der Glatzköpfige sein Bier ausgetrunken.

Er wischt sich den Schaum von seinen Lippen, beugt sich zu seiner Liebsten hinunter und versucht ihr einen flüchtigen Kuss aufzudrücken. „Nein, bitte, lass das. Du weisst, ich mag keine Bierküsse."

Ein Moment der Stille folgt, bevor sich ihre Miene plötzlich verändert. Sie zieht eine Schnute, ihre Laune kippt. „Komm, lass uns woanders vegan essen gehen, ich habe Hunger." Mit einem ungeduldigen Blick steht sie auf, erhebt sich mit einem affektierten Schwung und stolziert davon. „Ich komme, Schnecke", ruft der Haarlose, schiebt sein Essen beiseite, legt Kleingeld auf den Tisch, folgt ihr und schlingt den Arm um ihren Hals.

Gisela sitzt allein, etwas abseits, und telefoniert laut und hemmungslos mit einer Kollegin. Sie berichtet ihr detailliert über das bisher Geschehene und lässt uns alle auf der Terrasse unbedacht Ohrenzeugen werden. Ich bestelle uns einen Kaffee. Marina verzichtet auf das Dessert. Eilig räume ich das schmutzige Geschirr zusammen, da niemand vom Personal Zeit hat, den Tisch abzuräumen. Marinas gute Laune ist verflogen, und sie spielt nervös mit ihrem Handy.

Die Frau mit den teuren Wanderschuhen schiebt ihren halb leeren Teller zur Seite und beschwert sich: „Das Essen schmeckt mir überhaupt nicht. Mein Steak ist völlig ungewürzt und zäh wie eine Schuhsohle. Diesen Koch würde ich liebend gern feuern. Der sollte besser in einer Gefängnisküche arbeiten."

„Ich verstehe nicht, was du auszusetzen hast. Das Essen ist köstlich", entgegnet Schorsch, der Mann an ihrer Seite, zieht ihren Teller zu sich und geniesst den übrig gebliebenen Rest. „Möchtest du ein Dessert?", fragt er sie liebevoll.

„Nein, hier sicher nicht. Wer nicht kochen kann, wird auch kein Dessert hinbekommen."

Langsam verliert die Sonne an Kraft, und eine frische Brise zieht auf. Am Nebentisch fröstelt eine Frau. „Herman, es wird kühl."

Er reagiert nicht, geniesst seelenruhig sein Dessert. Sie legt ihm die Hand auf den Arm. „Fühl mal, wie kalt mir ist. Ich brauche eine Wolldecke. Besorg mir bitte eine." Herman schaut sie erschrocken an und murrt: „Und wo soll ich jetzt auf die Schnelle eine Decke herbekommen? Wie stellst du dir das eigentlich vor?"

„Frag doch Gisela – für die bist du doch sowieso Feuer und Flamme. Die weiss bestimmt Rat."

„Ruth, bitte. Du irrst dich völlig. Gisela ist nicht mein Typ, mir ist sie schnurzpiepegal. Ich wüsste nicht mal, wie man Gisela schreibt."

„Herman, hör auf, dich rauszureden. Du himmelst sie doch seit heute Morgen an."

Nein, bitte nicht. Kein Rosenkrieg wegen einer Decke, denke ich.

Herman schweigt. Schmollend starrt er auf seinen Teller. Ruth macht sich mürrisch auf die Suche nach einer wärmenden Decke, dabei tritt sie betont schwer auf, als müsse der Boden spüren, wie verärgert sie ist.

Marina ist angesäuert, sie würdigt mich kaum eines Blicks. Ihr Gesicht spricht Bände. Mein Kaffee ist längst kalt, aber ich nippe trotzdem daran – mehr aus Gewohnheit als aus Genuss.

Ich bin definitiv für ein Verbot von Seniorenausflügen.

Biken, Heuen und heimliche Dates

Harry steigt aus und öffnet die Hecktüre von seinem grossen Gefährt. Sein Appenzeller Rüde Rocky springt mit einem weiten Sprung aus dem Kofferraum, rennt auf mich zu und begrüsst mich leidenschaftlich. Der Hund begleitet Harry auf jede erdenkliche Wanderung, denn er ist überzeugt, dass es gut und wichtig ist, Rocky stets dabeizuhaben: wegen Erste Hilfe leisten und so. Ich glaube indes kaum, dass sich dieser ältere Herr von Vierbeiner in einer brenzligen Situation jemals als Samariter oder gar als Lebensretter behaupten wird. Ich unterlasse jedoch bewusst, meine Bedenken zu äussern.

Harrys Wagen ist mit diversen Schuhen, Stiefeln und robusten Allwetterkleidern vollgestopft. Schon oft habe ich von der zweckmässigen Kleidung profitiert, die er immer mit sich führt. Die Tatsache, dass sie nicht der aktuellen Mode entspricht, ist in diesem Fall von untergeordneter Bedeutung. Harry ist ein Einheimischer und freut sich jedes Mal darauf, mich, den neu zugezogenen Städter, auf eine Wandertour mitzunehmen. Dabei bereitet er sich immer sorgfältig vor, denn er will nichts dem Zufall überlassen. „Peter, komm, lass uns gleich losfahren. Die Tour dauert bestimmt zwei Stunden, und der Anstieg hat's in sich. Wenn wir früh genug starten, schaffen wir einen grossen Teil der Strecke noch bei angenehmer Frische. Was meinst du?"

„Bin ganz deiner Meinung – je früher, desto besser."

Harry dreht sich um, klatscht in die Hände und ruft: „Rocky, rein mit dir." Der Hund springt ins Auto und nimmt widerwillig seinen angestammten Platz im Kofferraum ein.

„Peter, worauf wartest du? Los, einsteigen." sagt er. Ich befolge seine Aufforderung und setze mich auf den bequemen Beifahrersitz. Harry braust los. Wir kommen gut voran und nach einiger Zeit verlassen wir die dicht befahrene Autostrasse und rollen auf einer alten und löchrigen Landstrasse dahin, bis wir auf einem weit über dem Tal angelegten Parkplatz ankommen. Hier endet unsere bequeme Autofahrt, hier beginnt unsere strapaziöse Wanderung. Sofort befreit Harry seinen Hund Rocky aus dem temporären, engen Käfig. Ich schnalle meinen mit Notproviant und einer Flasche Eistee vollgepackten Rucksack um und schalte den Schrittzähler und den Pulsmesser ein. Die Sonnenbrille habe ich elegant ins Haar geschoben, und die Regenjacke ist für einen allfälligen Wetterwechsel griffbereit. Inzwischen ist auch Harry mit allem Notwendigen ausgestattet und für den Aufstieg fertig. Rocky ist längst parat und wartet ungeduldig neben dem Auto mit einer, *das dauert ja wieder endlos Schnauze*, auf uns.

Der Wanderweg schlängelt sich zunächst durch bunte Bergwiesen, bevor er steil nach oben führt. Die farbigen Wiesenblumen zeigen sich in voller Pracht und laden allerlei Insekten zu sich ein. Rocky schert manchmal aus, um sich in einem nahegelegenen Bach oder flachen Tümpel den Bauch abzukühlen und Wasser zu trinken. Wir bleiben öfter zum Verschnaufen stehen, trinken von unserem Eistee und lästern über alles und fast jeden. Wir schwitzen stark und erfreuen uns an der angenehmen Brise. Sie beschert uns zweien die erwünschte Abkühlung.

Nach eineinhalb Stunden wandern, steigt der restliche Weg bis zur Berghütte nochmals kräftig an. Von dort schlägt uns mächtig Lärm entgegen: „Sag mal, Harry, ist die Alphütte schon voll?"

„Dem Lärm nach zu beurteilen, ist das möglich", antwortet er. Wie es sich jedoch etwas später herausstellt, lagen wir mit unserer Annahme falsch, denn der Gasthof ist nahezu leer. Problemlos finden wir einen freien Tisch. Aus der Küche der Gaststätte dringen lautes Klappern von Töpfen und das helle Klirren leerer Flaschen nach draussen, denn die Küchentür steht weit offen. Ein alter Mann in Jogginganzug und weissen Nike-Turnschuhen sitzt allein im schlichten Garten und nippt an einem grossen Glas Bier. Wir setzen uns in seine Nähe und überfliegen hungrig den Speisezettel. Rocky legt sich mit einem, *endlich Pause Seufzer*, zu uns unter den Tisch und döst. Lächelnd tritt die Hüttenwartin in den Garten hinaus. „Entschuldigt bitte das Geklimper von vorhin, aber ich musste noch den Rest von gestern Abend wegräumen, denn hier war wieder einmal die wahre Hölle los." Sie lacht kurz auf, als wolle sie das Chaos gleich wieder vergessen, und greift nach ihrem Notizblock: „Was darf ich euch bringen?"

Wir bestellen Wiener Würstchen mit Kartoffelsalat und selbst gemachten Most. „Bring' ich euch gleich", sagt sie und zieht sich in die Küche zurück, wo es erneut rumpelt und klappert. Harry und ich erfreuen uns am eindrücklichen Panorama. Er kennt fast alle Berggipfel und die meisten Anhöhen. Auch weiss er darüber viele schauerliche Geschichten zu erzählen. So behauptet er beispielsweise, dass in vielen kleinen Bergspalten Rübezahl und andere Wesen hausen, die allen Bergbauern, die ihrem anvertrauten Vieh nicht den gebührenden Respekt zollen und ihm keine saubere und trockene Unterlage bieten, einen furchterregenden Besuch abstatten. Er meint, dass genau das der Grund sei, warum so mancher Alphirt sein hart verdientes Geld lieber in einen neuen Stall steckt, während seine Frau ihr Leben lang mit der uralten Küche vorliebnehmen muss.

Plötzlich fragt uns der Mann mit den weissen Nike-Turnschuhen: „Sagt mal, seid ihr aus der Gegend hier?"

„Nein, das sind wir nicht", entgegne ich. Harry schüttelt den Kopf.

„Das habe ich mir schon gedacht", sagt der Mann. „Ich kann mich nämlich nicht erinnern, euch hier jemals gesehen zu haben."

„Nein, hast du auch nicht. Wir sind tatsächlich zum ersten Mal hier – es liegt für uns nicht gerade am Weg", erklärt Harry.

„Seid ihr mit dem Fahrrad unterwegs?", fragt der Mann neugierig.

„Nein, wo denkst du hin?", lacht Harry.

„Das hätte ich euch ohnehin nicht abgenommen – so wie ihr angezogen seid. Ausserdem steht da draussen im Rechen ein Rad, und das gehört mir."

„Wir bewundern die schöne, steile Gegend lieber zu Fuss. Das reicht uns völlig", werfe ich ein.

„Ich bin Stammgast", sagt der Biker nicht ohne Stolz. „Ich wohne unten im Tal und fahre seit Jahren regelmässig mit dem Rad hier herauf." Er lehnt sich zurück, als habe er soeben ein Geheimnis preisgegeben, und nippt an seinem Glas. Einen Moment lang herrscht Schweigen, bis mir die Frage auf der Zunge brennt. „Hör mal, du nimmst doch diesen grossen Kraftaufwand bestimmt nicht nur der schönen Aussicht und dem kühlen Bier wegen auf dich, oder?", will ich wissen.

Der Fremde rutscht auf seinem Stuhl nach vorn, stützt die Arme auf die Hüften und beginnt begeistert zu erzählen: „Nein, natürlich nicht. Biken ist meine grosse Leidenschaft. Es hält mich fit und jung und deshalb mache ich es so gern." Da ruft die Wirtin, die scheinbar mitgehört hat, laut lachend aus der Küche: „Robert, übertreib's nicht. Das ist doch lange her. Seit zwei Jahren nimmst du die Strapazen doch nur noch meinetwegen auf dich, denn jetzt bin ich deine wahre Passion und die Sehnsucht nach mir treibt dich an."

Robert murrt: „Sabine, du bist unmöglich. Kannst du das nicht ein bisschen diskreter handhaben? Das geht doch nur uns beide etwas an."

Sie lehnt sich in den Türrahmen, das Abtrocknungstuch locker in der Hand. „Ach, Robert, reg dich nicht auf. Mir ist es mittlerweile völlig schnuppe, wer davon erfährt", sagt sie mit einem Achselzucken.

„Ja, aber mir ist das alles andere als gleichgültig. Mit meiner Liebe zu dir begebe ich mich auf gefährlich dünnes Eis – ich bin schliesslich verheiratet." Er senkt den Blick und wirkt einen Moment lang beschämt.

„Lass gut sein, Robert", sagt Sabine leise und winkt ab.

Ich zwinkere ihnen zu: „Macht euch keine Sorgen – Harry und ich behalten euer Geheimnis ganz bestimmt für uns."

„Versprochen. Ehrenwort", bekräftigt Harry. Dann zögert er kurz, lächelt schief und fragt: „Sag mal, für deine tägliche Radtour nimmst du doch bestimmt ein E-Bike, oder?"

„Ja, schon, aber erst seit etwa zwei Jahren. Damals haben

mir meine beiden Kinder zum 80. Geburtstag fürsorglich und übervorsichtig, wie sie nun mal sind, ein E-Bike geschenkt. Bis zu jenem Zeitpunkt habe ich die Strecke hier hinauf mit dem Mountainbike ganz ohne Antrieb gestemmt."

Seine Geschichte klingt für mich allzu absonderlich, und ich habe erhebliche Zweifel an ihrer Wahrheit. *Das ist doch reiner Bluff,* denke ich. „So beeindruckend deine Leistung auch sein mag – das kann ich dir einfach nicht glauben", sage ich mit einem Hauch Provokation.

„Vertrau mir ruhig", sagt er. „Ich war damals echt ein Ausnahmetalent, ausdauernd und schnell. So rasch machte mir keiner etwas vor, gell, Sabine."

Ich warte gespannt, was sie dazu meint. Ihre Reaktion folgt prompt: „Robert, damit prahlst du immer wieder, aber offen gesagt, ich habe keine Ahnung, ob das wirklich so war. Das war doch lange vor meiner Zeit."

Robert gibt sich nicht geschlagen: „Heutzutage benutze ich zwar ein E-Bike und ich brauche hier hinauf eine Spur länger als damals. Aber trotz meines Alters bin ich noch einiges fitter als viele andere in meinem Jahrgang und ich bin immer noch schnell", behauptet er. „Nicht wahr, Sabine?"

In diesem Moment tritt Sabine mit sicherem Schritt an den Tisch und stellt gekonnt zwei übervolle Teller vor uns ab. „Ja, das bist du gewiss. Vor allem aber bist du sehr schnell müde", sagt sie mit einem schelmischen Grinsen und zwinkert ihm zu. Robert lächelt zurück.

Der Kartoffelsalat ist lauwarm und schmeckt gut. Die Wiener Würstchen hingegen haben etwas zu lang im heissen Wasser gelegen.

Kurz darauf kümmert sich Sabine liebevoll um Rocky: „Du hast doch bestimmt Durst", sagt sie und stellt ihm einen abgegriffenen Fressnapf mit abgestandenem Wasser vor die Nase. Rocky schlabbert mit einem Blick, der sagt: *Es dürfte auch mal kaltes Wasser sein,* ein paar grosse Schlucke daraus. Dann schleicht er unter dem Tisch hervor, legt seine kühle, feuchte Nase hoffnungsvoll auf meinen Oberschenkel und geniesst die sanften Streicheleinheiten. Kurz darauf zieht er sich wieder in den Schatten unter den Tisch zurüc und döst erfüllt weiter. Plötzlich juckt Robert auf, schaut auf seine Uhr und jammert: „Du meine Güte, es ist bereits halb zwölf, ich habe wieder mal die Zeit vergessen. Jetzt muss ich mich aber sputen, denn meine Frau serviert um ein Uhr das Mittagessen." Flüchtig wirft er nochmals einen Blick auf seine klobige Uhr: „Verdammt, ich bin überreif."

Schnell zieht er sich seine Fahrradjacke über und ruft: „Sabine, zahlen, ich habe es eilig."

„Komm ja schon", antwortet sie.

Robert legt eine Handvoll Kleingeld auf den Tisch und schwingt sich auf seinen Drahtesel, strampelt los und ruft uns zu: „Ciao, Sabine, meine Perle der Berge, bis bald. Tschüss zusammen."

„Tschüss, Robert, ich danke dir – und übertreib's nicht mit dem Flirten. Bis morgen", antwortet sie und zieht sich in die Gaststube zurück.

Ich bin beeindruckt. Da gibt es also tatsächlich diesen mir bislang unbekannten Robert, der mit über achtzig noch Höchstleistungen auf dem Bike vollbringt – und dieses erstaunliche Potenzial vor allem nutzt, um seine Geliebte hoch oben auf der Alp zu besuchen. Das muss wohl wahre Liebe sein.

Jetzt, wo Robert gegangen ist, sind Harry und ich die einzigen Gäste. Wir bestellen noch Kaffee und Kuchen, sehen uns weiter am massiven Bergpanorama satt und geniessen die einzigartige Ruhe. Nur das stetige Geklimper aus der Küche vermiest uns die schöne Idylle.

Einige Zeit später ordern wir die Rechnung: „Ja, ich bringe sie gleich", verspricht sie. Kurz darauf tritt sie mit der Rechnung an den Tisch, setzt sich und erzählt offen und voller Stolz, wie sie und Robert sich einst hier auf der Alp kennenlernten – und trotz des grossen Altersunterschieds ihre Liebe fanden.

„Dein Liebster ist ja fitter als Radfahrerlegende Eddie Merckx", stelle ich neidlos fest.

Sie lacht wieder und relativiert umgehend: „Ach, Robert ist solch ein Angeber. Schon nach dem zweiten Bier legt er richtig los und wird überschwänglich. Ich bin, offen gestanden, einfach nur erleichtert und dankbar, dass er es trotz seines Alters und seiner gesundheitlichen Probleme überhaupt noch hierher schafft." Ihre Worte hängen einen Moment in der Luft, während ich sie nachklingen lasse. Ich wage ein Räuspern und sage: „Also, eure Liebe hat was – romantisch, ja, aber doch ziemlich sportlich auf Distanz. Ich bin heilfroh, dass meine Frau und ich zusammenwohnen. Für ein Rendezvous erst einen halben Giro d Italia einlegen zu müssen, wär' nichts für mich."

„Tja, Liebe ohne Höhenmeter – wie langweilig", meint Sabine trocken und fährt fort: „Robert und ich müssen uns nach wie vor heimlich treffen, denn er ist, wie ihr inzwischen wisst, verheiratet. Und wehe, unser Techtelmechtel fliegt auf – dann geraten wir beide garantiert in Teufels Küche."

Einen Augenblick lang herrscht betretenes Schweigen, niemand weiss so recht, was er darauf erwidern soll. Da räuspert sich Harry und meint, es sei nun an der Zeit aufzubrechen. Er befiehlt: „Rocky, auf, wir gehen."

Der Hund kriecht verpennt unter dem Tisch hervor, streckt sich, beschnuppert erneut die Umgebung und freut sich mit einer, *na endlich, wird ja langsam Zeit, Grimasse,* darüber. Wir begleichen unsere Zeche. Harry legt die geforderte Summe punktgenau auf den Tisch. Ich zücke mein Handy und zahle bargeldlos. Harry ist abermals entrüstet, dass ich wiederholt ohne schlechtes Gewissen diese äusserst moderne und bequeme Zahlungsmöglichkeit nutze. „Hast du wieder mal kein Kleingeld dabei?", fragt er und legt seine Stirn in Falten.

„Nein, Harry. Wie du inzwischen sicher weisst, zahlen wir Städter mit TWINT und schon lange nicht mehr bar oder mit Kartoffeln."

Wir schnallen unsere Rucksäcke um und machen uns gemächlich auf den Heimweg. Rocky rennt voraus und inspiziert für uns den Weg. Gelegentlich macht er rechts umkehrt und rennt zu uns zurück. Manchmal bleibt er einfach stehen und wartet ungeduldig, bis wir zu ihm aufgeschlossen haben. Dann gibt er uns mit einer, *bitte etwas mehr Tempo, Schnute,* zu verstehen, dass wir seiner Meinung nach viel zu langsam unterwegs sind und uns doch gefälligst etwas beeilen sollen. Da wir aber trotz seines wiederkehrenden Ersuchens keineswegs gewillt sind, auch nur einen Deut schneller zu gehen, gibt er sein Treiben schlussendlich auf.

Wir sind etwa eine gute Stunde unterwegs, da ruft einer aus dem nahen Feld: „Hey, ihr zwei, wartet kurz."

„Wer ist denn das?", will ich wissen.

„Keine Ahnung, ich kenne den Mann nicht, habe ihn noch nie zuvor gesehen. Vielleicht ein ortsfremder Wanderer?"

„Ach, Harry, so ein Unsinn. Ein Wanderer in knallgelben, kniehohen Gummistiefeln? Das ist meines Erachtens ein eher ungewöhnlicher Anblick."

„Was weiss denn ich", murrt Harry.

Der unbekannte Mann kommt näher, und plötzlich wirkt es, als ob er Harry kennt. Er ruft seinen Namen: „Hey, Harry, warte, ich komme zu euch rüber." Ohne zu zögern, steigt der Mann über den Elektrozaun und kommt direkt auf uns zu. Er trägt ein Trachtenhemd und braune Halbleinenhosen. In der rechten Hand hält er eine abgenutzte Mütze mit der verblassten Aufschrift: *Ohne Bauern stirbt die Stadt.* Er bleibt direkt vor Harry stehen und ruft: „Mein lieber Scholli, ich hab mich nicht geirrt – du bist es wirklich. Harry, du hast dich kaum verändert, ich hab dich sofort erkannt." Der Mann strahlt übers ganze Gesicht, während Harry sichtlich perplex ist und sich unbehaglich fühlt. „Äh … ich überlege gerade, woher ich dich kennen könnte – und wie du heisst."

Der Mann lächelt wissend, als hätte er schon geahnt, dass Harry ihn nicht gleich einordnen kann. „Ich helfe dir mal auf die Sprünge", sagt er. Harry runzelt die Stirn, sucht in seinem Gedächtnis nach einem Anhaltspunkt – irgendetwas an der Stimme, am Gesicht, an der Haltung. Doch da bleibt nichts haften, nur ein vages Gefühl von *irgendwann schon mal gesehen.*

„In der Landwirtschaftsschule war ich dein Banknachbar …"

Harry denkt angestrengt nach.

„Im Unterricht bin ich oft eingenickt – und du hast mich stets mit einem ordentlichen Seitenhieb geweckt ...“ Er schaut Harry erwartungsvoll an.

„Keine Ahnung, ich komm' einfach nicht drauf“, stöhnt er.

„Bei den Prüfungen hast du oft von mir abgeschrieben – was dir jedes Mal schlechte Noten eingebracht hat. Na, klingelt's?“

Harry runzelt die Stirn, blinzelt mehrmals und plötzlich hellt sich sein Gesicht auf. „Ja, jetzt fällt der Groschen. Du bist Erich.“

„Exakt, der bin ich“, antwortet er, macht einen grossen Schritt auf Harry zu und legt ihm die Hand auf die Schulter: „Schön, dich mal wieder zu sehen. Ich hoffe, es geht dir gut.“

Harry fühlt sich durch Erichs plötzliche Zuneigung leicht unbehaglich und tritt einen Schritt zurück: „Erich, zügle deine Gefühle – ich bin verheiratet.“

Harrys Reaktion mag euch, liebe Lesende, etwas seltsam vorkommen. Aber er war noch nie ein Freund von körperlicher Nähe – und wird es wohl auch nie sein.

„Schau mal einer an – Erich trägt einen Vollbart“, bemerkt Harry. „Kein Wunder, dass ich dich nicht sofort erkannt habe. Aber ich muss zugeben: Der Bart steht dir gut. Du siehst damit zwar ein wenig spiessig aus, aber er passt perfekt zu deinem schmalen Gesicht.“

„Das stimmt genau – du hast scharf beobachtet. Ich teile deine Meinung über mein Äusseres voll und ganz“, erwidert Erich. Sie lachen – die ersten Hemmungen sind verflogen.

„Sag mal, wo und wann haben wir uns das letzte Mal gesehen?“, will Harry wissen.

„Da muss ich nicht lange überlegen“, sagt Erich. „Das war ziemlich genau vor fünf Jahren. Damals haben wir uns zufällig in diesem grossen Gartencenter getroffen.“

Harry ist erstaunt: „Und das weisst du heute noch so genau?“

„Ja, klar – weil ich dort zum ersten Mal meiner jetzigen Freundin Gertrud begegnet bin.“

„Wie bitte?“, fragt Harry verwirrt.

„Erinnerst du dich? Wir haben uns damals robuste, günstige Arbeitsjacken gekauft“, sagt Erich,

„Ja, das weiss ich noch. Und?"

„Ich habe meine gleich am nächsten Tag umgetauscht."

„Aber warum? Die Jacke hat dir doch perfekt gepasst."

„Schon – aber ich wollte unbedingt die hübsche Frau an der Kasse noch einmal sehen."

„Na, komm schon, sei ehrlich, du wolltest sie doch nicht einfach bloss wiedersehen", behauptet Harry.

Erich schmunzelt: „Nein, ich hatte pure Absichten und mein Kalkül ging auf. Wir verabredeten uns noch für denselben Abend."

Harry hebt den mahnenden Zeigefinger: „Du bist so ein Schlawiner. Arbeitet sie noch in jenem Gartencenter?"

„Ja, klar, und ich bin sehr froh darüber. Egal, was ich auch zum Gärtnern brauche, Gertrud bringt es jeweils nach der Arbeit mit und ich brauche nicht mehr ins Gartencenter zu fahren. Praktisch nicht?"

Harry überlegt kurz, denn will er wissen: „Klar, das klingt super. Aber sag mal; es gibt doch hoffentlich noch ein paar andere Gründe, warum Gertrud deine Partnerin geworden ist, oder?"

„Warte mal kurz …" Harrys Augen weiten sich. „Natürlich, Harry. Da gibt's noch eine ganze Liste und ich fange gerade an zu überlegen."

Ein leises Lachen entweicht ihm, halb erstaunt, halb erfreut über die unerwartete Begegnung. Für einen Moment scheinen die beiden ganz in ihrer gemeinsamen Vergangenheit versunken.

Ich stehe immer noch unbeachtet zwischen den beiden gestandenen Männern, die sich zwar seit Jahren kennen, aber erst heute nach langer Zeit wieder einmal begegnet sind. Ihre Begrüssungszeremonie ufert inzwischen etwas aus und ich versuche dieses Tamtam durch wiederholtes Räuspern zu unterbrechen, was mir schliesslich gelingt.

Harry entschuldigt sich bei mir und stellt mich vor: „Erich, übrigens, das hier ist Peter, mein neuer Kumpel und unerschütterlicher Wanderfreund."

Erich streckt mir zur Begrüssung seine Hand entgegen und wir schütteln uns kräftig die Hände. Sein fester Händedruck löst bei mir ungewollt ein leises: „Autsch", aus, denn es sind geballte Kräfte, die hier auf meine zarte Hand einwirken. Ich gebe mich geschlagen und schenke ihm ein müdes Lächeln.

„Erich und ich besuchten einst zur selben Zeit dieselbe landwirtschaftliche Schule", erklärt mir Harry.

„Das weiss ich doch schon – ich hab' euer Geplauder ja mit halbem Ohr verfolgt. Offenbar hast du damals fleissig bei ihm abgeschrieben", necke ich ihn.

Harry winkt ab. „Ach was, der Erich übertreibt wieder masslos." Dann schmunzelt er. „So kenn ich ihn – ein gutes Herz auf zwei Beinen, aber das Mundwerk läuft auf Dauerbetrieb."

Unterdessen schwelgen die beiden erneut in ihrer unvergesslichen Jugendzeit, und ich bin wiederum nur Statist. Erneut räuspere ich mich auffällig. Die beiden unterbrechen abrupt ihre hitzige Debatte und schauen mich fragend an. Ich sage: „Tut mir leid, dass ich euch schon wieder unterbreche, aber ich denke, Harry und ich sollten langsam aufbrechen."

Harry nickt zustimmend. Ja, stimmt – sonst wird's spät, und der Weg ist noch ein Stück."

Erich schnappt nach Luft: „Kommt gar nicht infrage. So schnell lasse ich euch nicht gehen. Erst gibt's bei mir zu Hause noch einen Kaffee mit Schnaps. Es gibt noch so viel zu besprechen, ein Nein akzeptiere ich nicht." Harry zögert, stimmt aber schliesslich zu.

Wir folgen Erich ein kurzes, aber steiles Stück bergab und erreichen schliesslich verschwitzt seinen Bauernhof. Erleichtert lassen wir uns auf den einladenden Hockern nieder. Die straff gespannten Sonnenschirme in Gelb und Grün spenden uns den dringend benötigten Schatten. Erich wohnt seit seiner Jugend in diesem schmucken und sehr gepflegten Bauernhaus. Er hat in seinem ganzen Leben noch nie woanders gewohnt. Gleich neben dem Bauernhaus liegt ein grosser Garten mit üppigen Sträuchern und vielen bunten Blumen, die das riesige Heer von Insekten zum Verweilen einladen. In einem grossen Gehege scharren einen Schar Hühner um die Wette. Das Küchenfenster steht offen. Erich ruft: „Juhu, Sybille, ich habe uns Besuch mitgebracht."

„Schon wieder? Wer ist es denn dieses Mal?", fragt sie neugierig und überrascht.

„Zwei Männer", antwortet Erich.

„Ich hoffe doch sehr, es sind nicht wieder diese beiden seltsamen Typen von neulich. Die bringst du mir nie wieder ins Haus."

„Keine Sorge, das verspreche ich dir."

„Du solltest ohnehin nicht ständig fremde Leute zu uns einladen, ich mag das nicht, das weisst du."

„Ja, Sybille, das weiss ich. Aber dieses Mal sind es zwei wirklich tolle Typen. Einen von ihnen kenne ich sogar noch von früher."

„Wirklich? Das klingt interessant. In dem Fall ist das natürlich etwas ganz anderes. Habt ihr Lust auf Kaffee?", fragt sie.

„Sehr gern, das wäre nett. Könntest du auch die Flasche Kräuterschnaps mit nach draussen bringen?", bittet Erich.

„Ja, ja", antwortet sie und schlägt das Fenster zu.

Während die zwei wieder munter drauflosschwatzen, kümmere ich mich ein wenig um Rocky. Ich besorge ihm frisches, kaltes Wasser und kraule ihn. Er schätzt meine Aufmerksamkeit aufrichtig und bedankt sich mit einem unwiderstehlichen Hundeblick.

„Übrigens, Harry, wenn wir schon über die alten Zeiten sprechen, erinnerst du dich noch an die grosse Rothaarige von der landwirtschaftlichen Schule?", fragt Erich neugierig.

Harry runzelt die Stirn. „Nein, die sagt mir gar nichts."

„Mensch, Harry, das war die Frau, die uns jeden Tag so hervorragend bekocht hat. Wie haben wir doch alle um sie geworben", schwärmt Kurt.

Harry schüttelt den Kopf. „Beim besten Willen erinnere ich mich nicht. Wie hiess sie denn?"

„Cornelia", haucht Erich.

„Cornelia?", fragt Harry überrascht.

„Ja, Cornelia. Die grosse Rothaarige aus der Küche." Nach einem kurzen Moment des Nachdenkens geht Harry plötzlich ein Licht auf. „Ach, du meine Güte – jetzt weiss ich, wen du meinst. Was ist mit ihr? Hat sie wieder mal für dich gekocht?"

„Nein, wo denkst du hin – leider nicht. Ich habe nie wieder etwas von ihr gehört", stöhnt Erich. „Du?"

„Nein. Die hat mich nie interessiert", stellt Harry klar.

Erich zieht überrascht die Augenbrauen hoch. „Nicht?"

„Nein, um Himmels willen! Nur weil jemand gut kochen kann, heisst das doch noch lange nichts."

Einen Moment lang herrscht Stille. Harry lehnt sich zurück, als würde er in eine andere Zeit hinübergleiten. Ein leises Lächeln huscht über sein Gesicht. „Ich war damals bis über beide Ohren in Anette verknallt."

Erich kratzt sich am Kopf: „Anette?"

„Ja, Anette Brunner", schwärmt Harry.

„Ich habe keinen blassen Schimmer, wer das sein soll."

„Die hübsche Hauswirtschafterin mit dem unwiderstehlichen französischen Akzent", löst Harry die Spannung auf.

„Meine Güte, Harry, sag doch gleich, dass du von der *Tomatenbirne* redest", ruft Erich lachend. „Die ist doch jedes Mal knallrot geworden, sobald du nur in ihre Nähe kamst."

„Nein, ist sie nicht", widerspricht Harry entschieden.

„Doch, ist sie", kontert Erich grinsend. „Und, was ist mit ihr?"

„Nichts, gar nichts", sagt Harry. „Ich musste nur gerade an sie denken." Er strahlt übers ganze Gesicht.

Auf einmal klatscht Erich laut in die Hände und ruft: „Sybille, wo bleibt unser Kaffee? Musst du erst noch die Bohnen pflücken?"

Das lautstarke Klatschen aus heiterem Himmel lässt nicht nur mich zusammenfahren, sondern schreckt auch die bunte und friedliche Hühnerschar auf, die nun nervös und ängstlich im Gehege umherflattert und aufgeregt gackert. In diesem Moment tritt eine adrett gekleidete Bäuerin aus dem Haus, stellt das hölzerne Tablett auf den Tisch und sagt: „Hallo zusammen, hier ist euer Kaffee. Es hat heute leider etwas länger gedauert, weil ich die Bohnen frisch pflücken musste." Dabei wirft sie Erich einen flüchtigen Blick zu. Dann schenkt sie uns eine dampfende, fast durchsichtige

Brühe in die weissen Tassen mit blauen Tupfen ein. Unter dem Arm trägt sie eine Flasche Selbstgebrannten. Erich greift sofort zu, entkorkt sie ohne Zögern und schenkt sich ein – sehr grosszügig. Mit uns drei ist er deutlich zurückhaltender. Sybille lächelt nachsichtig. „Ach, Erich – immer grosszügig zu dir selbst, was? Aber denk dran: Geteilte Freude ist doppelte Freude."

Erich fühlt sich ertappt, hebt kurz entschuldigend die Schultern und wendet sich rasch wieder Harry zu. Das Schwelgen in Erinnerungen geht laut und ungehemmt weiter.

Derweil schenkt mir Sybille ihre wertvolle Zeit. „Kommst du aus der Gegend?", fragt sie neugierig.

„Ja, ich bin aber erst vor zwei Jahren hierhergezogen", antworte ich. „Und du?" Sybille strahlt über mein Interesse und plaudert begeistert aus dem Nähkästchen. Sie erzählt mir allerhand und gewährt mir Einblicke in ihr aufregendes Leben. Dann neigt sie sich näher und verrät mir ein intimes Geheimnis. Mit gesenkter Stimme flüstert sie: „Offiziell wohne ich im Nachbardorf. Dort betreibe ich mit meinem Mann einen mittelgrossen Bauernhof. Jeden Morgen, sobald ich dort meine Arbeit gemacht habe, komme ich hierher, erledige schnell meinen Nebenjob als Briefträgerin und verbringe den Rest des Tages mit Erich. Wir geniessen dann meist eine schöne, unbeschwerte Zeit zusammen. Er ist so ein toller Kerl."

Ich bin baff. Diese vermeintlich unschuldige Landfrau führt tatsächlich eine heimliche Dreiecksbeziehung. Selbst ich, als abgebrühtes Stadtkind, finde das ziemlich pikant.

„Möchtest du noch etwas Kaffee?", fragt Sybille.

„Nein, danke. Harry und ich sollten langsam den Abstieg in Angriff nehmen."

Plötzlich springt Sybille auf. „Oje, ich muss mich beeilen. Mein Mann verlässt sich auf mich. Ich wollte ihm noch beim Heuen helfen – und vermutlich knurrt ihm längst der Magen."

„Ich glaube, heute muss er wohl ein bisschen länger auf seinen z'Vieri warten", witzle ich.

„Nein, nein, bestimmt nicht", wehrt Sybille ab. „Ich mache

ihm etwas, das schnell geht."

„Etwas, das schnell geht?", frage ich grinsend. „Was denn – eine Gazelle? Oder lieber eine Antilope?"

Sybille schaut erst irritiert, dann lacht sie laut auf – vermutlich, ohne den Scherz ganz zu begreifen. „Eine Antilope? Also bitte! So etwas würde ich meinem Mann nie vorsetzen. Er isst grundsätzlich nichts, was er nicht kennt." Dann schwingt sie sich auf ihren Quad und braust davon.

Jetzt erheben sich auch die beiden Männer und klopfen sich kameradschaftlich auf die Schultern. Harry sagt entschlossen: „Also dann, bis nächste Woche. Ich komme hierher und helfe dir beim Heuen, wie heute besprochen."

„Klasse, das freut mich", sagt Erich und grinst. „Als Dank bringe ich dir im Herbst zwei Ster Brennholz kostenlos vorbei – direkt bis vor die Haustür." Er klopft Harry noch einmal auf die Schulter und fügt hinzu: „Und nicht vergessen, immer schön geschmeidig zu bleiben."

„Keine Sorge, ich bin so geschmeidig wie ein Kaugummi an der Schuhsohle", antwortet Harry und schmunzelt.

Rocky gähnt, steht auf, streckt sich und denkt in etwa: *nächstes Mal bleibe ich definitiv zu Hause.* Ich bedanke mich herzlich bei unserem Gastgeber für den interessanten Nachmittag und dann machen Harry und ich uns auf den Rückweg. Unterwegs bleibt Harry stehen, lächelt und sagt: „Siehst du, Peter, hier oben in den Bergen bezahlt man mit Brennholz, nicht mit TWINT."

Ich muss lachen. Typisch Harry – ein Spruch zur rechten Zeit. Und irgendwie passt er: Hier ticken die Uhren noch anders, und genau das macht den Reiz dieses Ausflugs aus.

Die Kuhfladen-Odyssee

Wir verlassen die breite Hauptstrasse und biegen in die Bergstrasse ein. Schnittig fahren mein Freund Rolf und ich in seinem spritzigen Kleinwagen die enge und steile Bergstrasse hinauf, an Weiden vorbei und durch Wälder. Die Strasse ist vollkommen verwittert. Ein paar grössere Schlaglöcher sind vor langer Zeit mit Teer ausgebessert worden. Das letzte Stück der Stecke führt durch einen alten Weiler. Mir fallen die vielen Ruinen von verfallenen Bauernhäusern auf. Sie erinnern mich schmerzlich an die gute alte Zeit, in der die Landwirtschaft noch unter einem besseren Stern gestanden hat. Viele Bauern haben in den vergangenen Jahren mangels Wirtschaftlichkeit ihren hochinteressanten Beruf an den Nagel gehängt. Ich kann nur mutmassen, warum man für viele schöne Anwesen keine Alternative zum unaufhaltsamen Verfall gefunden und verwirklicht hat. Einige Landwirte aber haben die Gunst der Stunde genutzt und ihre alten, ausgedienten Bauernhöfe in architektonisch auffallende Wohnhäuser umgewandelt und mit viel Liebe in die umgebende Landschaft eingepasst. Statt den mässig gewarteten Traktoren stehen jetzt die teuren Autos der neuen Mieterschaft, welche hier oben Ruhe und Erholung findet, in den Garagen.

Oben auf dem Berg kehren wir in den letzten noch verbliebenen Berggasthof ein. Bekannt ist er nicht nur für seine traumhafte Lage am See, sondern auch für die hervorragenden Wiener Schnitzel, die seit der kürzlichen Übernahme durch österreichische Wirtsleute in der Grösse eines Traktor Hinterrads serviert werden. Ausserdem ist er der ideale Ausgangspunkt für eine gemütliche, zweistündige Wanderung entlang des Seeufers. Von der Terrasse aus geniessen wir einen faszinierenden Blick auf das nahegelegene Bergmassiv, das sich in der spiegelglatten Oberfläche des Sees widerspiegelt. Es dauert nicht lange, bis eine Serviererin auf uns zukommt. Mit einem Lächeln und im österreichischen Dialekt sagt sie: „Servus", und fragt, was wir gerne hätten. Sie trägt ein Dirndl mit passender Bluse und Schürze und einen geflochtenen Pferdeschwanz. Der Ausschnitt ist sehr grosszügig geschnitten und bildet eindeutig den Blickfang.

Wir bestellen ein Wiener Schnitzel mit Pommes, während Rolf auf die weltberühmte Kartoffelbeilage verzichtet, da sie seiner Meinung nach zu viel Cholesterin enthält. Er nimmt nur das Schnitzel.

„Vielleicht einen bunten Salat oder die Tagessuppe als Vorspeise?", schlägt sie freundlich vor. Rolf und ich schauen uns unentschlossen an. Salat oder Suppe? Suppe oder Salat? Oder vielleicht gar keine Vorspeise?

„Ihr nehmt bestimmt Suppe", behauptet sie, klimpert mit den Wimpern und im Nu sind Rolf und ich von ihrem Vorschlag begeistert. Erst nachträglich beim Essen wird mir bewusst, dass ich nicht aus freien Stücken Suppe gewählt habe, denn Suppe bestelle ich für gewöhnlich nie.

„Dazu ein kühles Bier aus der Region?", fragt die Kellnerin lächelnd. Rolf und ich tauschen einen kurzen Blick, dann nicken wir zustimmend.

„Sonst noch was?", fragt sie im Gehen, ohne sich umzudrehen. Wir verneinen und folgen ihr mit den Blicken, bis sie fast hinter der Tür verschwindet.

Einen Moment später lehnt sich Rolf zu mir rüber. „Wie lange dauert denn der Seerundgang?", fragt er leise.

„Nur etwa zwei Stunden, das schaffen wir zwei locker mit links", antworte ich.

Rolf streckt sein linkes Bein aus und verzieht das Gesicht. „Du, ich glaube, das wird heute nichts – mein linkes Knie macht höllisch Ärger."

Ich kann mir ein Grinsen nicht verkneifen. „Das ist kein Problem – das schaffen wir locker mit rechts."

Rolf verzieht das Gesicht. „Sehr witzig. Über verletzte Freunde macht man keine Scherze."

„Na schön, dann hebe ich mir meine guten Witze für den Fall einer Reha auf."

Rolf seufzt. „Wenn das einer deiner guten Witze war, will ich die schlechten lieber gar nicht hören." Rolf ist von meinen besten Freunden derjenige, der immer nach einer Ausrede sucht, um nicht auf Wandertour oder in seinem Fall auf Wandertortur gehen zu müssen. Ich versuche ihn von einem Seerundgang zu überzeugen: „Rolf, dieser Spaziergang hat bestimmt positive Effekte auf dein lädiertes Knie. Kürzlich haben Schweizer Wissenschaftler nämlich herausgefunden, dass frische Seeluft eine positive Heilwirkung auf Kniebeschwerden hat."

„Das klingt fast wie ein Märchen", meint Rolf und kratzt sich am Kopf.

„Ausserdem bin ich mir fast sicher, dass das freche Lächeln der Kellnerin deine Knieschmerzen im Nu verschwinden liess. Damit steht unserem Spaziergang um den See wirklich nichts mehr im Weg."

„Ach komm, Peter. Du glaubst doch nicht ernsthaft, dass mich ein flüchtiges Grinsen – mit Puderzucker bestäubt – meine Schmerzen länger als für einen Augenblick vergessen lässt, oder?"

Ich zwinkere ihm ermunternd zu: „Nicht?"

„Nein, auf gar keinen Fall", antwortet er.

Ich gebe nicht auf und ziehe alle Register, schaffe es aber dennoch nicht, Rolf von der Effektivität eines Seerundgangs auf Körper und Geist zu überzeugen. Er lässt mich seelenruhig ausreden und fasst dann kurz zusammen: „Peter, danke für deine Mühe, aber im Moment helfen mir deine Vorschläge leider nicht weiter. Auch wenn du nur das Beste für mich willst, ist mein Knie gerade nicht für einen Spaziergang bereit. Vielleicht ein anderes Mal."

Aus dem geplanten Spaziergang wird nun also definitiv nichts. Jammerschade. Stattdessen machen wir es uns auf der Bank bequem. Rolf prostet mir zu, nimmt einen kräftigen Schluck aus der Bügelflasche, hält einen Moment inne und fragt mich: „Warum habe ich gerade Bier bestellt? Ich mag doch Bier überhaupt nicht."

„Ich bin mir nicht ganz sicher, aber ich habe da eine vage Ahnung", sage ich.

„Und was genau vermutet der Herr, wenn ich fragen darf?"

„Ich denke, du hast dich aus rein emotionalen Gründen für

ein Bier entschieden. Mach dir deswegen aber keinen Kopf. Es liegt nun mal in der Natur des Mannes, in erotischen Momenten manchmal irrational zu handeln."

Er denkt einen Moment nach. Wahrscheinlich ist er dabei, meine Äusserung zu hinterfragen. Dann aber zuckt er mit den Schultern – Thema erledigt.

Genüsslich verspeisen Rolf und ich das feine Essen und geniessen die Ruhe und die Natur. Die Zeit verrinnt und wir reden pausenlos aufeinander ein, denn es gibt seit dem letzten gemeinsamen Ausflug wahrlich viel Neues zu erzählen. Wir poltern und lachen, für uns ist die Welt im Moment schwer in Ordnung. Doch inzwischen ist es Zeit geworden, aufzubrechen. Wir beenden unsere Gespräche. Ich bekomme noch eine Kaffee Melange.

Plötzlich hallt aus der Ferne das kräftige Läuten von Kuhglocken herüber, vermischt mit ausgelassenem Festlärm. Rolf hebt den Kopf. „Was ist denn da los?"

„Zurzeit finden in der Gegend ziemlich viele Alpabzüge statt", erkläre ich.

„Oje", seufzt er. „Glaubst du wirklich, dass gerade jetzt einer im Gange ist?"

„Ja, da bin ich mir ziemlich sicher", sage ich überzeugt.

Rolf wird plötzlich unruhig. „Wir müssen los, sonst sind wir nicht vor dem Alpabzug im Dorf", drängt er und winkt nach der Rechnung. Ich frage mich, wie jemand wie Rolf sich von ein paar Glocken und Kühen in die Flucht schlagen lässt. Schon kurz darauf kommt die Kellnerin einkassieren. Sie liest uns die einzelnen Positionen auf der Rechnung vor, zieht ihr abgegriffenes Serviceportemonnaie aus der Schürze hervor, knallt es schwungvoll auf den Tisch, beugt sich weit nach vorn und klaubt gelangweilt das Wechselgeld hervor. Für einen kurzen Moment bin ich vom tiefen Ausschnitt angenehm verzückt – leicht abgelenkt, sodass ich unmöglich verstehen kann, was Rolf mir gerade zuruft. Er bleibt stehen, dreht sich um und ruft: „Wo bleibst du? Komm schon, beeil dich, wenn du mitfahren willst."

Nur die Ruhe, Rolf. Für manche Ausblicke sollte man sich

Zeit nehmen, denke ich – und kaum sitze ich im Wagen, tritt Rolf schon aufs Gas.

Doch schon auf halbem Weg werden wir von zwei Älplern in kurzärmeligen Sennenjacken – sogenannten Bredzon-Jacken – aufgehalten und an der Weiterfahrt gehindert. Rolf kurbelt das Fenster herunter und fragt, was denn los sei. Ein Senn streckt den Kopf ins Auto, nimmt seine Deckelpfeife, das sogenannte Lindauerli, aus dem Mund und erklärt: „Momentan dürft ihr auf keinen Fall weiterfahren. In wenigen Minuten zieht hier der Alpabzug vorbei. Stellt euer Auto am Feldrand ab und beobachtet das Spektakel von der Strasse aus. Es wird sich auf jeden Fall lohnen."

Ich halte den Vorschlag für brillant und steige aus. Rolf ist von der Idee alles andere als begeistert. Er ist genervt. Kurzum will er wissen: „Wie lange dauert denn der gesamte Abzug?"

Der Älpler gibt ihm Aufschluss: „Das hängt ganz von der Laune der Kühe ab. Meist können die nach vier Monaten in den Bergen den Abzug ins Tal in ihre vertraute Umgebung kaum erwarten und legen ein ordentliches Tempo hin. Falls ihnen aber etwas nicht in den Kram passt, dann scheren sich die Damen einen Deut um unseren Zeitplan. Dann wird bewusst getrödelt und aufbegehrt. Nur schon ein ermunternder Klaps auf den Kuhhintern, doch bitte etwas schneller zu gehen, wird als Belästigung empfunden und mit einem mahnenden Blick nach hinten quittiert." Eilig verabschiedet er sich und eilt seinem Kollegen zu Hilfe.

Rolf parkt sein Auto grummelnd etwas abseits auf dem Acker. Erwartungsvoll reihen wir uns am Strassenrand ein und warten gespannt auf den Höhepunkt, der sich offensichtlich hier bald abspielen wird. Aus allen Himmelsrichtungen tauchen weitere Schaulustige auf und säumen die Strasse. Aufgeregte Kinder löchern ihre Eltern mit Fragen zum bevorstehenden Alpabzug. Doch da viele Erwachsene dieses Kulturgut kaum kennen, erhalten die Knirpse meist nur vage Antworten. Aufkeimender Lärm kündigt das erwartete Geschehnis an. Ein schier endloser und farbenfroher Zug zieht an uns vorbei. Angeführt von einer stämmigen und stolzen Kuh mit Kopfschmuck ziehen die mit Blumen, Zweigen und Treicheln geschmückten Viehherden mit ihren Älplern ins Tal. Es ist ein aussergewöhnliches Spektakel. Es wird geklatscht und gelärmt. Am Ende schliessen sich viele Zuschauer dem Zug an und begleiten die Alpabfahrt mit Stolz. Erst nachdem sich der ganze Tross entfernt hat, dürfen wir weiterfahren. Doch schon kurz darauf tritt Rolf abrupt auf die Bremse und weigert sich weiterzufahren. Vor uns liegt die Strasse – übersät mit frischen Kuhfladen in allen Formen und Grössen. „Genau wie befürchtet", poltert er. „Überall Kuhfladen, und mein Auto ist frisch gewaschen! Genau deshalb wollte ich rechtzeitig unten im Dorf sein."

Wir steigen aus und begutachten die Lage. Rolf schimpft, schaut sich um, geht ein paar Schritte auf und ab, legt dann die Stirn in Falten und verkündet schliesslich – wie er betont – seinen aussergewöhnlichen Plan: „Ich schlage vor, du steigst aus, gehst ein Stück voraus und zeigst mir mit klaren Gesten, wo die Fladen liegen. Dann manövriere ich das Auto im Slalom elegant daran vorbei. So müsste das klappen – und mein Auto bleibt sauber."

„Glaubst du wirklich, dass du das ohne Slalomstangen hinkriegst?", foppe ich.

„Spar dir deine überflüssigen Sprüche und mach dich nützlich", kontert er und fuchtelt mit den Händen. „Das muss klappen – ich habe absolut keine Lust, mein Auto schon wieder zu waschen und zu polieren."

Was anfangs noch halbwegs nach Plan verläuft, wird mit jedem Meter mehr zur beinahe unlösbaren Mission. Zu Beginn gelingt es Rolf, den einzelnen Kuhfladen gekonnt auszuweichen. Doch je näher wir dem Dorf kommen, desto schlimmer wird der Zustand der Strasse. An manchen Stellen breitet sich der Dreck über die Fahrbahn aus, dass er locker mit einem Aldi-Parkplatz mithalten könnte – und diesen Flächen kann Rolf trotz seiner beeindruckenden Fahrtechnik und Wendigkeit einfach nicht mehr ausweichen. Er schlägt heftig mit der Hand auf das Steuerrad und poltert: „Verdammt noch einmal, schau dir die Strasse an. Ich will mir gar nicht vorstellen, wie mein Auto heute Abend aussehen wird. Los, steig schon ein."

Kaum sitze ich im Wagen, tritt er gereizt aufs Gas, und in kürzester Zeit haben wir den Alpabzug eingeholt. Doch ein Überholen ist unmöglich – immer wieder blockieren die Älpler die Strasse. Da keine Nebenstrassen in Sicht sind, bleibt uns nichts anderes übrig, als dem Alpabzug missmutig bis ins Dorf zu folgen.

Unten im Dorf herrscht eine ausgelassene Feststimmung, untermalt von Musik, traditionellen Tänzen und einer köstlichen Auswahl an Speisen und Getränken. Wir schaffen es, einen der wenigen Parkplätze ausserhalb des Zentrums zu ergattern, allerdings zu einem hohen Preis, da alle Plätze im Dorf während des Festes gesperrt sind. Kaum sind wir ausgestiegen, schlägt Rolf verzweifelt die Hände über dem Kopf zusammen und flucht wie ein Rohrspatz. Was wir zu sehen bekommen, übertrifft alle seine schlimmsten Befürchtungen – der am Morgen noch strahlend weisse Sportflitzer ist kaum wiederzuerkennen: Zierleisten, Kotflügel, Stossstangen und der gesamte untere Teil des Wagens sind von braun-grünen Flecken übersät. Selbst die vier teuren Radkappen sind so verdreckt, dass sie beinahe wie billige Nachbildungen wirken. Fassungslos geht Rolf mehrmals um sein geliebtes Auto, während der Frust in seinem Gesicht förmlich abzulesen ist. Ich kann seine Enttäuschung förmlich spüren und fühle mit ihm. Kurzum lege ich meinen Arm um seine Schultern und bekunde ihm so mein Mitleid.

Wir schlendern durch das Dorf, vorbei an öden Buden und langweiligen Attraktionen, die dicht an dicht um die Gunst der Besucher buhlen. Der Duft von gebrannten Mandeln, Zuckerwatte, Magenbrot und Bratwürsten liegt in der Luft. Gleichzeitig ertönt das überraschende, aber irgendwie passende Spiel einer Alphornkapelle, die Pop-Hits aus den 80er-Jahren zum Besten gibt. Die Hauptattraktion ist auch dieses Jahr wieder – das Kuhfladen-Bingo, das am Ende des Dorfes auf einer grossen Weide stattfindet. Es ist bei Jung und Alt gleichermassen beliebt, in der ganzen

Umgebung bekannt und fest in der Gesellschaft verankert. „Komm, lass uns dorthin gehen und unsere Wetten abgeben", versuche ich, Rolf aufzumuntern. Ich kann die leichte Verlegenheit in seiner Miene erkennen, als er sich der Vorstellung hingibt, doch er bleibt still. Er kann mir meine perfide Idee nicht verzeihen, doch sein Gesichtsausdruck bleibt mir für immer in Erinnerung.

Gewitter, Stromausfall und Fensterzank

Wir gehen schon seit einiger Zeit etwas langsamer und legen öfter Pausen ein. Beat flucht ununterbrochen und humpelt leicht. Etliche Zeit später bleibt er stehen und befiehlt: „So, das war's. Ich bleibe hier sitzen, bis mich jemand trägt."

„Beat, komm schon, das bringt nichts. Wir müssen uns beeilen, wenn wir es heute noch zur Berghütte schaffen wollen."

„Was, wenn ich jetzt einfach nicht mehr kann?", stöhnt Beat.

„Was ist denn nun schon wieder?", frage ich genervt.

„Ich bin fix und fertig. Ich spüre meine Füsse kaum noch."

„Reiss dich zusammen und hör auf zu jammern."

„Diese Wanderung ist einfach eine Nummer zu gross für mich. Ich hätte es wissen müssen."

Er lässt sich auf einem Baumstrunk nieder und zieht Schuhe und Strümpfe aus. Ich schlage die Hände über dem Kopf zusammen: „Huch, du trägst ja weisse Socken! Kein Wunder, dass dir die Füsse wehtun."

„Peter, hör auf mit deinen blöden Witzen", sagt er und verzieht missmutig das Gesicht. „Ich bin nicht in Stimmung für Scherze."

(Anm. d. Autors: In den 1980er-Jahren waren in der Schweiz weisse Socken in Mode und alle Männer trugen sie. Doch wie jeder Trend fand auch dieser ein Ende. Anfang der Neunzigerjahre mussten es wieder schwarze Socken sein und die weissen Modelle galten plötzlich als uncool und bünzlig. Ein Wechsel, der nicht alle gleich schnell mitmachten. Die Bewohner vom Kanton Aargau standen im Ruf, auch dann noch weisse Socken zu tragen, als dies sonst niemand mehr tat.)

Er massiert und knetet seine roten und geschwollenen Knöchel. „Ich glaube, ich muss ganz dringend an meiner Kondition feilen."

„Tja, da ist noch reichlich Luft nach oben", lästere ich.

„Lach nur, Peter. Sportfreaks wie du mögen fit sein, aber Bewegungsmuffel wie ich haben andere Vorzüge. Glaub mir: Mit meiner Standhaftigkeit und Ausdauer bin ich garantiert der bessere Liebhaber."

„Da ist wohl was dran", gebe ich lachend zu.

„Na also", sagt Beat, taucht in seinen Rucksack und kramt eifrig darin herum. Er schüttelt den Kopf, zieht ein paar Dinge heraus und wühlt weiter. Er ist sichtlich frustriert. Schliesslich schaut er mich mit grossen Augen an und fragt: „Gibst du mir bitte einen Schluck von deinem Tee?"

„Wieso? Schmeckt dir deiner nicht?", hake ich nach.

Beat verzieht das Gesicht und gibt sich unschuldig.

„Bitte sag jetzt nicht, du hast …"

„Doch, habe ich. Meine bis zum Rand gefüllte Trinkflasche ist leider nicht von allein mitgekommen – ich habe sie zu Hause liegen lassen."

Kurzentschlossen helfe ich ihm mit meiner aus: „Beat, deine chronische Vergesslichkeit ist echt unschlagbar und ich bin Gott wirklich dankbar, dass die Atmung beim Menschen ein angeborener Automatismus ist", frotzle ich.

„Tja, was soll ich sagen? Zum Glück habe ich dich, um mich an die wichtigen Dinge zu erinnern. Aber keine Sorge, das Atmen kriege ich schon noch alleine hin", erwidert Beat mit einem trockenen Lächeln.

Langsam werde ich unruhig, denn in der Ferne ziehen dunkle Wolken auf, die sich bedrohlich aufbäumen und kontinuierlich eine grosse und schwarze Wand bilden. „Beat, wir müssen uns beeilen, das Gewitter kommt näher. Lass mich dein Gepäck abnehmen, damit du trotz Blasen etwas zügiger vorankommst."

Beat zieht unter Zetern Socken und Schuhe wieder an, ich schnalle beide Rucksäcke um und dann trotte ich mit ihm im Schlepptau los. Wir reden nicht viel und Beat stöhnt unentwegt, dass er sehr wahrscheinlich nächstens seinen Löffel abgeben werde. „So schnell stirbt man nicht und böse Menschen leben ewig", beschwichtige ich.

„Na wunderbar", ächzt Beat. „Dann muss ich also noch ewig

mit dir wandern." In der Ferne kann ich undeutlich die Silhouette der Berghütte sehen. Bereits fallen die ersten Regentropfen. Ich ziehe mir meinen gelben Regenponcho über. Beat greift in seine Hosentasche, holt einen schwarzen Knäuel hervor und verwandelt ihn mit einem kräftigen Schütteln in einen robusten Regenschutz. Je mehr wir uns der Hütte nähern, umso lauter schlägt uns Musik entgegen und geraume Zeit später betreten wir leicht verregnet die kleine, aber zum Bersten volle Gaststube. „Ich habe den Eindruck, dass wir hier nicht allein sind", bemerke ich trocken.

„Oh, wirklich? Das hätte ich ohne deine Beobachtung bestimmt nicht gemerkt", erwidert Beat sarkastisch. Wir setzen uns zu einem jungen, vermutlich frisch verliebten Paar an den Tisch. Die beiden trinken viel Bier und halten inzwischen jede kleine Banalität für komisch. Beat entledigt sich seiner Wanderschuhe und Socken. Dann streckt er seine geschundenen Füsse aus, als wäre das die normalste Sache der Welt, und lässt sie, wie er sagt, ein wenig frische Luft schnappen. Anschliessend wendet er sich an das junge Paar: „Sorry, ich hoffe, es stört euch beide nicht, dass ich meine Schuhe und Strümpfe ausgezogen habe, aber wisst ihr, ich bin etwas …"

Ich unterbreche ihn unsanft: „Beat, lass gut sein, deine Wehwehchen interessieren die beiden wahrscheinlich nicht." Und tatsächlich lassen sich die beiden von Beats Bemerkungen nicht im Geringsten stören und schäkern munter weiter.

„Also hör mal, das sind nicht bloss Wehwehchen oder ein leichtes Kribbeln. Ich habe aufgeplatzte Blasen, und die kann man nicht einfach mit einer lapidaren Verniedlichung abtun", sagt Beat ernst und funkelt mich an.

Zum Glück betritt in diesem Moment die junge Hüttenwartin die Stube – die perfekte Ablenkung. Ich nutze die Chance und bestelle rasch zwei grosse Biere.

„Mögt ihr zwei Turteltäubchen auch noch eines?", fragt sie das junge Paar. Er nickt. Sie aber schüttelt den Kopf und entgegnet: „Nein, danke, wir haben beide mehr als genug."

Der Mann schaut konsterniert auf. „Doch Schatz, es reicht. Das Bier kommt dir schon aus den Ohren heraus", behauptet sie. Er hält kurz inne. Dann reisst er von seiner Papierserviette zwei Streifen ab, knüllt sich daraus Ohrstöpsel zusammen und steckt sie sich in die Ohren. „So, Lauscher dicht, da läuft nichts mehr raus", witzelt er. Seine Partnerin schenkt ihm nur ein müdes, erzwungenes Lächeln.

Währenddessen bemerkt die Wirtin Beats Füsse und runzelt die Stirn: „Was ist denn mit deinen Füssen passiert? Die sehen wirklich ganz übel aus. Ich glaube, du musst dir dringend neue zulegen."

Beat versucht sich zu rechtfertigen: „Weisst du, ich bin weder ein geübter noch ein besonders disziplinierter Wanderer, und ..."

Die Wirtin lächelt und fällt ihm ins Wort: „Ach, das sehe ich schon. Aber keine Sorge – hier kommen alle an: geübte Wanderer, Chaoten und sogar jene, die nur dank ihrer Freunde den Weg finden. Hauptsache, du bist jetzt hier."

„Also gut, dann bin ich wohl einer von den Chaoten. Aber was soll's, – geschafft ist geschafft."

Nach kurzem Zögern nickt sie: „Ihr solltet heute Nacht besser hierbleiben. In deinem Zustand kommst du kaum weiter – und draussen braut sich ein schweres Gewitter zusammen." Sie zieht die Augenbrauen hoch: „Los, komm mit, ich zeige euch den Schlafraum und äh ... nehmt bitte euere Bagage mit." Sie flitzt los. Ich schnalle mir wieder beide Rucksäcke um und folge ihr in den Massenschlag. Beat verstaut seine verschwitzten Socken hektisch in der Hosentasche, nimmt seine Wanderschuhe in die Hand und humpelt uns hinterher.

Der Schlafraum bietet etwa sechzehn Personen Platz. Die Matratzen liegen nicht auf dem Boden, sondern auf einem grossen Holzrahmen. Die Liegeplätze sind jeweils mit einem Kissen und ein bis zwei dicken Wolldecken ausgestattet. Auf der Kopfseite befinden sich kleine Ablageflächen. Allerhand Ruck- und Schlafsäcke, vielfarbige Wanderkleider und bunte Regenmäntel liegen unordentlich auf den Pritschen herum. Die Wirtin bleibt in der Raummitte stehen, schaut auf ihren Fresszettel und zeigt auf die noch freien Liegen: „Ihr könnt entweder die beiden hier in der Mitte nehmen oder die am Fenster – alle anderen sind leider schon besetzt." Ich werfe einen kurzen Blick durch den Raum und deute dann auf die Plätze in der Mitte. „Die passen perfekt – nehmen wir", sage ich ohne lang zu überlegen.

Beat protestiert umgehend: „Nein, Peter, die nehmen wir auf gar keinen Fall. Du weisst, ich brauche partout frische Luft zum Schlafen. Wir nehmen die beiden Betten beim Fenster", meint er und humpelt hin. Er wirft alle seine Sachen auf's Bett, schlägt lachend darauf und ruft: „Angeschlagen, 1,2,3, Erster." Die Wirtin nickt knapp – unsere Wahl scheint ihr recht zu sein.

Ich mag nicht diskutieren und willige ein. Prinzipiell ist es mir egal, wo ich schlafe, solange der Ort angenehm warm, die Schlafunterlage trocken und der Raum windstill ist. Und ja, ich gebe es sehr ungern zu, es ist mir mittlerweile auch recht, wenn die Toilette nur ein paar Schritte von meinem Schlafplatz entfernt ist. Erst im Nachhinein wird mir klar, dass es wohl viel klüger gewesen wäre, gar nicht erst auf Beats Wunsch einzutreten. Der Gedanke, dass Beat und ich zwischen die Fronten geraten könnten – zwischen den Frischluftfanatikern wie ihm und denjenigen, die selbst im Sommer das Fenster lieber geschlossen halten –, lässt mir ein mulmiges Gefühl aufkommen. Schliesslich verdränge ich den Gedanken und wende mich den Routinen des Ankommens zu.

Sorgfältig lege ich meine Sachen auf die Ablage und – ganz nach meiner Eigenart – das Necessaire und die Taschenlampe unter mein Kopfkissen. Dann nehme ich den schon lang herbeigesehnten Schuhwechsel vor. Ich schlüpfe in meine Turnschuhe, die ich den ganzen Tag mit mir herumgetragen habe.

Beat quetscht seine geschundenen Füsse in die grauslichen, abgenutzten, grau-braunen Filzpantoffeln, die hier überall zum Benutzen herumliegen. Er überlegt kurz, sieht mich an und zeigt auf meine Turnschuhe: „Du hast … äh, nicht eventuell …?'"

„Nein, habe ich nicht."

Beat schaut mich an und sagt trocken: „Was soll ich sagen ... ich hätte es mir denken können. Es wäre schliesslich das erste Mal, dass du etwas mitnimmst, das ich gebrauchen könnte."

„Ich kann es eben nicht jedem recht machen", antworte ich mit einem Lächeln, „vielleicht habe ich einfach noch nicht den richtigen Moment erwischt."

Beat hockt sich hin, greift in seinen Rucksack, nimmt sein unansehnliches Hirsekissen hervor, legt es aufs Kopfende und streicht es glatt, so wie er es immer tut. Beat verreist nie ohne sein Hirsekissen. Danach durchwühlt er erneut seinen Rucksack. Plötzlich flucht er und kippt den gesamten Inhalt auf seine Pritsche. „Ach, du meine Güte, was für Plunder schleppst du heute wieder mit dir herum?", frage ich verwundert. Unter den vielen persönlichen Gegenständen entdecke ich ein kleines schwarzes Stoffetui. Ich bücke mich, hebe es auf und lache laut. Dann halte ich es Beat vor die Augen: „Falls du dein abgewetztes Reiseset suchst, du hast stattdessen das Blutdruckmessgerät eingepackt."

Mit einem Grummeln entreisst er mir das Etui, stopft es zusammen mit den anderen Utensilien in seinen Rucksack zurück und lässt sich aufs Bett fallen.

„Scheisse, seit wann hast du denn Bluthochdruck?", frage ich besorgt. Beat schaut mich irritiert an und sagt: „Keine Sorge, das ist gar nicht meins. Ich habe es wohl versehentlich eingepackt, als ich bei meiner Mutter war. Die braucht das, nicht ich."

Ich bin etwas irritiert. „Warum nimmst du denn deinen Rucksack mit zu deiner Mutter?", will ich wissen.

„Weil ich weiss, dass ich auf dem Rückweg wieder beladen bin – mit Konfitüre, Kerzenhaltern von 1983 und einer Dose, die ‚zu schade zum Wegwerfen' ist." Gleich darauf fragt er mit schmerzverzerrtem Gesicht: „Peter, hast du zufällig Salbe und etwas Kühles für meine Füsse dabei?"

„Ja, hab ich", sage ich und reiche ihm mein Necessaire.

„Bitte, leg es nach Gebrauch wieder zurück." Beat nimmt die Tasche entgegen und sieht mich mit einem überaus freundlichen, aber entschlossenen Blick an. „Oh nein, Beat, vergiss das. Auf gar keinen Fall", sage ich und schüttle den Kopf. „Ich werde deine Füsse weder behandeln noch massieren."

„Das hast du ja noch nie gemacht", antwortet Beat und schaut mich nochmals herzerweichend an.

„Und meine Zahnbürste bekommst du auch nicht."

Während Beat jammernd auf der Pritsche sitzt und seine Füsse pflegt, mache ich mich auf zur WC-Anlage. Sie ist einfach gehalten und erfüllt die Anforderungen an eine moderne Nasszelle in den Bergen nur bedingt. Doch sie scheint sauber zu sein. In der Duschkabine tropft die verkalkte Brause träge vor sich hin. Der Münzeinwurf des Warmwasserboilers ist mit breitem Klebeband überklebt – offenbar ist das Gerät defekt, und es gibt nur kaltes Wasser. Auf dem Band steht in kaum lesbarer Schrift: „Ausser Betrieb. Kein heisses Wasser." Der abgenutzte Streifen verrät, dass dieser Zustand schon länger andauert. Am unteren Rand hat jemand mit wasserfestem Filzstift einen Kommentar hinterlassen: *Brr – schau mal, wie schnell er in zehn Sekunden schrumpft.*

Zunächst muss ich über diesen auffälligen und kuriosen Einzeiler schmunzeln. Dann aber frage ich mich, was den Schreiberling wohl dazu bewogen hat, seine persönliche Erfahrung beim Kaltduschen für die gesamte Nachwelt festzuhalten und wen um Himmelswillen denn solchen Nonsens interessieren könnte.

Inzwischen zieht eine grosse, schwarze Wolkenwand über die ganze Gegend und es wird immer dunkler. Ein frischer Wind zieht auf und vertreibt die gestaute und unangenehme, erdrückende Hitze. Es fängt zu regnen an. Knapp eine Stunde später begeben sich Beat und ich hungrig in die Gaststube zurück und finden an demselben Tisch bei demselben jungen Paar erneut Platz. Die beiden sind noch keinen Zentimeter voneinander gewichen und sitzen immer noch dicht an dicht. Sie hat inzwischen ihren Kopf auf seine Schulter gelegt und krault unermüdlich seinen Hinterkopf.

Beide haben glänzende Augen und sehen angetrunken aus.
Die hellen und abgewetzten Tische aus Lärchenholz und die
handgemachten Stabellen, traditionelle Bauernstühle mit
gerader Rückenlehne, sind für mich der wahre Hingucker in
dieser Gaststube. An der Bar, welche die Küche von der
Gaststube trennt, sitzen zwei junge Frauen in dunkler
Sportbekleidung. Sie quasseln, kichern und naschen viel
hausgemachten Gugelhupf. Dazu trinken sie reichlich Kaffee
mit Schuss. Eine umgedrehte Stabelle dient einem
einfallsreichen Knaben als Traktor. Ein rundes, geflecktes
Stoffkissen nutzt er als Steuerrad und mit seinen Lippen
macht er laut und fast identisch das klappernde
Motorengeräusch eines Traktors nach.
An einem weiteren Tisch wird wild gejasst – ein Kartenspiel,
das in der deutschsprachigen Schweiz fast schon ein
Nationalsport ist. Aus einem Lautsprecher erklingen
deutsche Schlager in mieser Tonqualität. Die einzige
Serviceangestellte schlendert von Tisch zu Tisch, schreibt
ruhig und gelassen die Wünsche der hungrigen Gäste auf
und schleppt mühelos grosse Mengen Gerstensaft heran.
Die Wirtin zapft geübt Bier um Bier.
Plötzlich zischt es und aus dem Zapfhahn strömt nur noch
Schaum. „Shit, das Fass ist leer", ruft sie genervt. Sofort eilt
ihr ein Gast zu Hilfe, vermutlich nicht ganz uneigennützig.
Gemeinsam wechseln sie das leere Gebinde aus: „Du hast
ein gratis Bier zugute", verspricht sie ihm.
Ein Wanderer betritt klatschnass das Restaurant und bittet
um einen Schlafplatz. Die Wirtin winkt kopfschüttelnd ab:
„Wir sind voll, aber du kannst hier in der Gaststube auf der
Bank nächtigen." Der Fremde willigt widerwillig ein. „Bitte
ziehe deinen Regenschutz aus und hänge ihn draussen am
Wäscheseil auf, du machst mir den Boden nass", befiehlt sie
zerknirscht. Er gehorcht ihr aufs Wort und legt kommentarlos
seine Pelerine ab.
Beat und ich bestellen noch ein Bier. Die Kellnerin serviert
die langersehnten Speisen. Um uns herum wird geplaudert,
gelacht und gescherzt – eine fröhliche, entspannte
Stimmung erfüllt den Raum. Die Zeit rückt vor und die

Dämmerung setzt ein. Das Gewitter wird immer stärker und es regnet bereits wie aus Kübeln. Schwere Regentropfen prasseln auf das solide und wettererprobte Dach. Grelle Blitze zerreissen die Dunkelheit, lassen draussen für einen Moment die öde Welt aufleuchten – dann folgt donnerndes Grollen, lang und bedrohlich. Zwischendurch flackert geheimnisvoll das Licht.

Da gibt es plötzlich einen lauten Knall, gefolgt von einem grellen Blitz, und im ganzen Haus geht das Licht aus. Das instabile Netzwerk ist weg, die Musik verhallt und für ein paar Minuten ist es dunkel und totenstill im Raum. Die Kaffeemaschine schaltet sich mit einem leisen Klick automatisch aus. Die Wirtin ruft laut: „Stromausfall. Alle bitte stillhalten."

Ein Raunen geht durch die Menge.

„Mami, bist du noch da?", fragt der kleine Traktorfahrer ängstlich. „Ja, Mami ist da", tröstet sie und geht zu ihm hin. Die Kellnerin tastet sich behutsam an die grosse, mit Bauernmalerei verzierte Kommode heran, die einsam bei der Eingangstüre thront, greift sich daraus eine Taschenlampe und begibt sich in den Keller hinunter. Wir blicken uns fragend an, während die Schritte der Kellnerin auf der Holztreppe verhallen. Einen Augenblick lang herrscht gespannte Stille, dann durchdringt plötzlich ein lautes, raues Brummen, gefolgt von metallischem Klappern, die Stube. Das Licht flackert kurzzeitig auf, der Generator wird etwas leiser und mit einem Mal brennen alle Lampen wieder, nur schwach zwar, aber immerhin ist es vorbei mit der Dunkelheit. Die Wirtin verteilt Kerzen auf den Tischen und sorgt so für etwas mehr Licht. Die allmählich erstrahlenden Wachsleuchten verströmen mit ihrem warmen Licht eine heimelige Atmosphäre. „Schau, Bärchen, wie romantisch", lispelt die junge Frau an unserem Tisch, knabbert ihrem Partner am Ohrläppchen und gibt ihm einen Kuss. Er lächelt verliebt zurück.

„Match", ruft einer der Spieler in die Runde und knallt seine Karten auf den Tisch. „Na, gut aufgepasst? So wird das gemacht", blufft sein Spielpartner selbstbewusst und kritzelt die gewonnenen Punkte auf die Schiefertafel. Die Verlierer werfen ihre Karten frustriert auf den Tisch und wenden sich mürrisch ihrem Bier zu. Die beiden jungen Frauen an der Bar schleichen leicht beschwipst nach draussen, um eine Zigarette zu rauchen.

Allmählich flacht das Gewitter ab und zieht weiter. Der Wind wird schwächer und es wird merklich kühler. Die Zeit plätschert so dahin. Die Gespräche werden leiser, das Klirren der Gläser seltener. Einer nach dem anderen erhebt sich vom Tisch, reckt sich und verabschiedet sich mit einem Gähnen. Schliesslich ruft eine Gruppe: „Jetzt aber ab in die Heia, denn wir müssen morgen sehr früh raus. Gute Nacht" – und stapft polternd die Treppe hinauf.

Beat und ich trinken noch unsere abgestandene und lauwarme Bierbrühe aus und ziehen uns danach mit den anderen in den Schlafraum zurück. Die Wirtsleute räumen das Restaurant auf, sorgen für Ordnung und Sauberkeit, und in der Gaststube kehrt Ruhe ein.

Dafür herrscht jetzt in der WC-Anlage Hochbetrieb. Der Toilettenraum ist nur spärlich beleuchtet und es finden alltägliche Gespräche zwischen den Gästen statt. Sie bemängeln die dürftige Infrastruktur, kritisieren das fehlende heisse Wasser zum Duschen und schimpfen über das miserable Wetter. Die lauten Geräusche von den Toilettenspülungen erfüllen den Raum und man hört das Rascheln von Kleidung und das Klappern von Gürtelschnallen. Der Duft von Zahnpasta, Mundwasser und Seife erfüllt den Raum und vermischt sich mit dem charakteristischen Geruch einer Toilette. Ich stehe wie die anderen Gäste mit Necessaire und Zahnbürste am eisernen Waschbecken und putze mir die Zähne. Das Waschbecken neben mir wird von den beiden Verlierern der letzten Jassrunde in Anspruch genommen. Der eine summt leise vor sich hin, während der andere geschickt Zahnseide benutzt. Er spuckt ins Becken und behauptet ernsthaft, dass der Gegner nur dank gezinkter Karten so deutlich gegen sie beide gewonnen habe. Sein Kollege nickt zustimmend. Der kleine Traktorfahrer bekommt von seiner Mutter wertvolle Unterstützung beim Zähneputzen. Auf den Zehenspitzen stehend, blickt er aufmerksam in den Spiegel. Sie zeigt ihm mit langsamen, kreisenden Bewegungen, wie man die Zähne richtig und gründlich putzt – er macht es ihr stolz nach. „Erzählst du mir noch eine Gute-Nacht-Geschichte?", bettelt er.

„Natürlich, gern, mein kleiner Traktorfahrer, aber nur eine kurze", sagt sie, nimmt ihn Huckepack und verschwindet mit ihm im einzigen vorhandenen Familienzimmer.

Allmählich kehrt Ruhe im halbdunklen Schlafraum ein. Einige liegen bereits in ihren bunten Trainingsanzügen auf den Pritschen und strecken sich aus. Andere schleichen leise und ziellos umher oder schlüpfen gerade in ihre Pyjamas, um sich schlafen zu legen. Einzelne dösen in ihrer Wanderkleidung vor sich hin. Ich liege auf dem Rücken, die Hände hinter dem Kopf verschränkt, und geniesse es, das bunte Treiben um mich herum zu beobachten. Das junge Liebespaar hat spontan eine der beiden Pritschen zur Kleiderablage umfunktioniert und liegt nun eng umschlungen in einem Bett, wo sie sich aneinander kuscheln. Die beiden jungen Frauen von der Bar schlafen bereits. Ich führe ihr frühes Schlafengehen auf den reichlichen Alkoholkonsum zurück und nicht auf den massenhaft verspeisten Gugelhupf, wie eine von ihnen morgen früh verkatert vermutlich behaupten wird.

Plötzlich steht einer der Jasser auf und geht noch einmal nach draussen. Vermutlich gibt er seinem unstillbaren Verlangen nach Nikotin nach oder seine volle Blase plagt ihn.

Beat öffnet das Fenster sperrangelweit und legt sich in seinem gestreiften und viel zu grossen Pyjama schlafen.

„Loch zu", schreit jemand gehässig in den Raum. Beat zuckt zusammen. Er sitzt auf und schaut mich fragend an. Ich zucke mit den Achseln: „Es sind nun mal nicht alle Menschen Frischluftfanatiker wie du."

Er steht murrend auf und macht das Fenster widerwillig zu. Bevor er sich wieder schlafen legt, setzt er sich zu mir aufs Bett und flüstert „Peter, willst du nicht wissen, wie es meinen

Füssen geht?"

„Nein. Absolut kein Interesse." Beat legt sich brummelnd wieder hin und ich hänge noch etwas meinen Gedanken nach. Irgendwann schlafe ich ein.

Gefühlte zwei Stunden später weckt mich Beat auf, es scheint dringend zu sein: „Peter, ich muss dringend auf die Pipibox", raunt er.

„Dann geh doch einfach, wieso muss ich das wissen?" Ohne ein Wort zu sagen, hält Beat mir seine Lampe direkt vors Gesicht und schaltet sie mehrmals ein und wieder aus. Es passiert nichts. Sie scheint defekt zu sein. Er fragt: „Borgst du mir dein edles Licht, meine Laterne funkelt nicht."

Hilfe, denke ich, *jetzt wird er zu so später Stunde auch noch poetisch*. Ich greife unter mein Kopfkissen und reiche ihm meine Taschenlampe. „Du hättest nicht so viel Bier trinken sollen, dann müsstest du nicht schon wieder Wasser lassen", flüstere ich.

„Typisch – immer derselbe Spruch. Ich mache mir dann, wenn ich fertig bin, einen Knoten rein", verspricht Beat.

„Na klar", sage ich trocken. „Auch immer derselbe Spruch. Aber vergiss es nicht."

Er versetzt mir einen leichten Schlag. „Keine Sorge, ich vergesse nie was", flüstert er ein bisschen zu laut, mit einem schelmischen Grinsen – und verschwindet. „Ruhe da drüben", schallt es von irgendwo her.

Kurz darauf breitet sich für einen Moment Stille im Raum aus, doch sie währt nicht lange. Lautes Schnarchen, in unterschiedlichen Rhythmen, durchbricht die Ruhe. Die Luft ist stickig, und der Raum ist durchzogen vom scharfen Geruch verschwitzter Kleidung und den betäubenden Ausdünstungen von Alkohol. Vereinzelt geht ein fahles Licht an und sogleich wieder ab.

„Hier deine Laterne", flüstert Beat und hält mir das Licht genau ins Gesicht. Grinsend beugt er sich zu mir und drückt mir meine Taschenlampe in die Hand. „Ich hab vorhin auf dem Weg zur Toilette das junge Pärchen beim Knutschen erwischt", flüstert mir Beat verschwörerisch zu.

„Na, was ist los? Bist du neidisch? Ich gönne es den beiden

– Küssen ist doch was Schönes. Soll ich's dir zeigen?" Ich strecke ihm grinsend den Kopf entgegen.

Beat reagiert blitzschnell: Er verzieht das Gesicht, als hätte er in eine Zitrone gebissen. „Bäh! Was für ein grausiger Gedanke." Kopfschüttelnd dreht er sich weg.

„Bitte, bitte, lass mich jetzt schlafen", bettle ich.

Beat schleicht zum Fenster hin, öffnet es leise und steigt wieder in sein Bett.

Es ist nach Mitternacht, als mich Beat erneut aufweckt.

„Himmel, Arsch und Zwirn. Was ist denn jetzt schon wieder los?", murre ich verschlafen.

„Peter, hast du das Fenster zugemacht?", fragt Beat leise.

„Was?"

„Ich will wissen, ob du das Fenster zugemacht hast", flüstert er mit angespanntem Tonfall.

„Nein, hab ich nicht", antworte ich, immer noch halb im Halbschlaf.

„Ganz sicher?", fragt er und sieht mich an, als hätte ich ihm gerade erzählt, ich hätte heimlich sein Bett in Brand gesteckt.

„Ja, ganz sicher. Ich habe das Fenster nicht angerührt. Ich war froh, endlich zu schlafen, und hatte definitiv anderes im Kopf, als Fenster zu schliessen."

„Wer war's dann?"

„Beat, ich weiss es wirklich nicht. Ich halte doch nicht die ganze Nacht über Wache auf mögliche Fensterschliesser."

„Das solltest du aber. Du weisst doch, ich brauche unbedingt frische Luft zum Schlafen." Dann öffnet er wortlos das Fenster wieder und legt sich schlafen, als wäre nichts gewesen.

Ein lauter Knall reisst mich aus dem Tiefschlaf. Ein Mann in weissen, knielangen Boxershorts und einem weissen Unterhemd knallt wütend das Fenster zu. „Loch zu", brüllt er in den Raum hinaus und schleicht brummelnd zu seinem Bett zurück: „Und es bleibt zu." *Igitt*, denke ich. Wie kann man nur weisse Unterwäsche tragen? Mein seliger

Grossvater lief sein ganzes Leben in solchen Anti-Anmach-Höschen herum – und trotzdem wurde meine Grossmutter mehrmals schwanger. Bis heute rätsle ich, was sie bewogen haben könnte, sich trotz dieser Zumutung auf das Liebesspiel einzulassen.

Das ungebührliche Schliessen des Fensters reisst einige unsanft aus dem Schlaf, und ein unerwartetes Raunen geht durch den Schlafsaal. Beat hingegen fühlt sich davon keineswegs gestört. Er schläft auf dem Rücken, die Arme verschränkt und mit einem liebevollen Lächeln auf dem Gesicht. Ich erliege beinahe der Täuschung, dass er vielleicht doch ein rücksichtsvoller und liebevoller Mensch ist. Nach einer Weile ist alles wieder ruhig. Die Aufregung hat sich gelegt, einer der Jasser geht noch einmal hinaus – aus welchem Grund auch immer.

Wenig später falle ich erneut in Schlaf.

Ich stehe dicht an dicht mit Jennifer Lopez vor dem steinernen Traualtar. Sie ist wunderschön anzusehen. Sie himmelt mich unentwegt an, während ich dahinschmelze wie ein französischer Camembert. Bunte Blumen in voller Pracht schmücken die alte, kleine Kapelle und sanfte Musik ertönt im Hintergrund. Die vielen bekannten Gäste aus Hollywood erheben sich von ihren Bänken, die Hochzeitsglocken läuten und der Pfarrer beendet gerade den vielversprechenden Satz: „Peter, Sie dürfen die Braut jetzt küssen." Stolz nehme ich sie bei den Schultern und ziehe sie langsam an mich heran. Wir spitzen unsere Lippen und … da reisst mich jemand mit einem heftigen Stups aus dem Schlaf. Ich bin sofort hellwach: „Mist, du hast gerade meine Hochzeit mit J.Lo platzen lassen", schimpfe ich, völlig schlaftrunken und verwirrt.

„Hä? Was redest du denn da?", fragt eine mir bekannte Stimme, und auf Anhieb erkenne ich den unliebsamen Hochzeitscrasher – es ist Beat. Ich werde richtig wütend. „Es reicht definitiv, du gehst mir gehörig auf den Sack. Worum geht's denn diesmal?", fauche ich. „Muss ich dir beim Einfangen deiner Schlafschäfchen helfen, oder was?"

„Peter, dein Sägewerk läuft im Dauerbetrieb – ich krieg kein Auge zu."

„Beat, ernsthaft – was ist dein Problem?"

„Was wohl?" Er wirft mir einen genervten Blick zu und grollt: „Ich kann nicht schlafen, wenn du neben mir Bäume fällst. Könntest du vielleicht etwas leiser sein?"

„Wahrscheinlich nicht."

Beat seufzt entnervt, wälzt sich von einer Seite auf die andere und starrt frustriert an die Decke. „Versuch es wenigstens", bittet er. Nach einer kurzen Pause meldet er sich noch einmal: „Übrigens, Schnarchen ist oft die Folge von zu hohem Alkoholkonsum."

Ich reagiere demonstrativ nicht, und irgendwann schlafe ich doch wieder ein – schade nur, dass die Hochzeit in meinem Traum ohne mich weiterging.

Inzwischen ist es draußen hell geworden. Das Gewitter ist in der Nacht weitergezogen und es hat aufgehört zu regnen. Die Sonne guckt interessiert durch das Fenster und verspricht uns allen einen schönen Tag. Lautes Geklimper und leeres Geschwätz aus jeder Ecke der Berghütte haben mich unsanft aufgeweckt. Es herrscht Aufbruchstimmung. Ich raffe mich auf, steige zerknittert aus der Koje, ziehe mich an und packe gähnend mein Gepäck. Beats Bett ist leer und sein Rucksack steht für den Abmarsch bereit. Die Jasser sind schon weg. Die beiden Frauen von der Bar sitzen verkatert auf ihren Betten und sind ungewohnt still.

Beat ist frisch geduscht. Er hat sich sein Handtuch um die Hüfte geschwungen und baut sich vor mir auf: „Was gibt es noch Schlimmeres, als eine schlaflose und unruhige Nacht?", fragt er mich.

Meine zünftige Wut auf Beat ist inzwischen verflogen. Vermutlich habe ich meinen Zorn einfach weg geschnarcht.

„Hm, ich denke, mit eiskaltem Bergwasser duschen."

„Exakt. Sie weckt in einem nicht nur augenblicklich alle müden Lebensgeister, sie verschafft einem auch eine spürbar geschmeidige Haut. Spüre meine Pfirsichhaut, du darfst anfassen. Trau dich", fordert er mich auf.

„Nimm deinen Arm weg, kein Interesse." Er grinst frech, doch ich bleibe standhaft. Nach einem kurzen Moment des Schweigens wechsle ich das Thema und deute auf seine Sachen: „Wie ich sehe, hast du bereits gepackt?"

„Ja, ich bin auch schon eine Weile wach. Deine ausgedehnte Nachtarbeit in der Sägerei hat mich nämlich nur abschnittweise schlafen lassen. Deshalb bin ich früh aufgestanden, habe meine Siebensachen gepackt und bin nun bereit für den Rückweg." Er schnappt sich seinen Rucksack. „Beeil dich – ich warte draussen."

Schnell packe ich noch den Rest meiner Habseligkeiten ein, bringe meine zerknitterte Pritsche behelfsmässig in Ordnung und gehe nach draussen. „Na, endlich, das hat ja wieder gedauert", moniert er und wandert munter los.

„An deinem Elan zu urteilen, geht's deinen Gliedmassen heute wohl wieder merklich besser", stelle ich fest.

„Na ja, so, so lala, aber nett, dass du fragst. Ich habe schon gedacht, dass es dich überhaupt nicht interessiert, wie es um meine Laufstelzen bestellt ist."

Unmittelbar danach will er wissen: „Peter, sag mal, hast du heute Morgen geduscht?"

Es ist meines Wissens erstmalig, dass ihn meine Morgentoilette interessiert. Warum will Beat das wissen?

„Nein, habe ich nicht. Ich verzichte frühmorgens liebend gern auf eine eiskalte Brause."

„Mein Gott, du bist so ein Weichei. In dem Fall konntest du dich nicht selbst davon überzeugen."

„Wovon hätte ich mich denn überzeugen sollen?"

„Dass die eine kleine Notiz im Duschraum vollkommen irreführend ist."

„Welche Notiz denn? Sag schon."

„Die Bemerkung mit diesen zehn Sekunden, denn bei mir trifft dies nicht zu, diese Zeitangabe ist völlig aus der Luft gegriffen."

Seine Aussage bringt mich zum Staunen und Lachen zugleich, und allzu gern möchte ich herausfinden, wie Beat zu seiner absonderlichen Erkenntnis gelangt ist. Ich lasse es aber wohl überlegt bleiben. Ich schweife ab. „Weisst du,

Beat, was ich stattdessen liebend gerne wissen möchte?"

„Nein, was denn?"

„Wie es den beiden Frauen von der Bar heute Morgen wohl geht?"

„Buh, ich sage dir – denen geht's bestimmt nicht gut. Hast du nicht gesehen? Die beiden sehen aus, als wären sie von einem Zug überfahren worden. Vorhin meinte die eine zur anderen, sie hätte wohl doch nicht so viel Gugelhupf essen sollen und fragte nach einem Aspirin."

Ich verziehe das Gesicht und lache leise. „Aspirin wegen zu viel Gugelhupf – das habe ich noch nie gehört. Seit wann macht Gugelhupf Kopfschmerzen?"

Beat zuckt die Schultern. „Seit man ihn mit Kaffee und Schuss runterspült."

Ein Alphirt auf Abwegen

Heute muss meine übliche Morgentoilette einer Blitzroutine weichen, da ich verschlafen habe und mich beeilen muss. Schnell fahre ich mit einem feuchten Waschlappen über mein zerfurchtes Gesicht und streiche durch mein zerzaustes Haar. Zum Glück ist es kurz geschnitten und sieht trotzdem frisch gewaschen und ordentlich aus. Ich sprühe etwas Deo unter die Arme, gurgle mit Mundspülung und schlüpfe in mein T-Shirt. Ein schneller Blick in den Spiegel, die Frisur sitzt. Danach ziehe ich meine alte, graue Jeans an und schlüpfe in meine Wanderschuhe. Den Rucksack, den ich gestern schon gepackt habe, schnalle ich mir um. „Bis heute Abend", rufe ich noch in Richtung Marina, bevor ich hastig die Wohnung verlasse. Ich bin mir nicht sicher, ob sie mich gehört hat.

Harry ist wie immer pünktlich und wartet ungeduldig auf mich. In voller Montur steht er da und begrüsst mich mit einem breiten Grinsen: „Hey, Peter, endlich haben wir es mal wieder hinbekommen, uns zu treffen." Er schaut mich von Kopf bis Fuss an und witzelt: „Du siehst grossartig aus. Das Alter scheint dir wirklich gutzutun. Und dann diese altmodische, immer gleiche Frisur, einfach nur wow."

Ich fahre lässig durch meine Haare und neige den Kopf nach hinten: „So, es reicht, genug   Komplimente. Wie läuft's bei dir?", will ich wissen. „Bist du durch die letzten Tage gekommen, ohne über deine eigenen Füsse zu stolpern?"

„Ja, tatsächlich. Deshalb bin ich heute ohne Kratzer und blaue Flecken unterwegs und voller Energie."

Ich schaue mich um und merke, dass Rocky fehlt. Hat Harry etwa vergessen, ihn aus dem Kofferraum zu lassen. „Wo ist denn mein Lieblingshund?", frage ich.

„Rocky bleibt heute zu Hause. Er ist noch etwas schlapp von gestern."

„Also dann, lass uns gehen", sage ich und werfe einen letzten Blick zum Auto, als ob ich Rocky doch noch erwarten würde. Harry zuckt mit den Schultern und wir machen uns auf den Weg. Der Aufstieg ist sehr steil und anstrengend und macht uns beiden zu schaffen. Wir geraten tüchtig ausser Atem. Zudem verläuft die Wanderroute nur selten durch schattige Wälder und die Sonne brennt auf uns nieder. Ständig bleiben wir kurz stehen, um zu trinken. Wir haben gefühlt bereits etwa vier Liter in uns hinein gekippt. Zwischendurch ringen wir mit der fehlenden Motivation, denn unser Ziel scheint immer gleich weit weg und unerreichbar zu sein. Schliesslich schaffen wir die erste Etappe doch noch und legen auf einer Kuppe eine wohlverdiente Pause ein.

„Auweia, dieser Aufstieg hat's aber in sich", stöhnt Harry. Er ist völlig erschöpft, doch überzeugt, dass man ihm die Strapazen nicht ansieht und er den Rest des Weges mühelos schaffen kann. Ich bin da allerdings weniger optimistisch. Harry schlürft den letzten Rest seines inzwischen lauwarmen und abgestandenen Eistees aus seiner knallroten, zerbeulten Trinkflasche. Nach jedem Schluck verzieht er angewidert das Gesicht: „Schrecklich, der Tee schmeckt mittlerweile wie Knüppel auf den Kopf." Ich nehme meine Lieblingscracker mit Alpenkräuter-Chili-Geschmack aus dem Rucksack heraus und geniesse sie alle auf einmal. Wir plaudern, lachen und diskutieren in entspannter Atmosphäre miteinander, erfreuen uns an der Aussicht und geniessen den wohltuenden Schatten im Wald. Nach einer etwas längeren Verschnaufpause machen wir uns gut gelaunt auf den restlichen Weg.

Keine zehn Minuten später zwingt mich mein Asthma zu einem Zwischenhalt. Ich keuche wie ein altes Brauereiross, bleibe stehen, werfe den Rucksack von mir, ziehe meinen Asthma-Spray hervor und inhaliere tief – als wollte ich die ganze Bergluft auf einmal einsaugen. „Fuck, ich glaube, ich schaffe es nicht bis zuoberst, ich bin ausgepowert wie nach einem Marathonlauf."

„Oje, du armer Kerl, das Scheiss-Asthma", sagt Harry. Er ist beunruhigt und macht ein besorgtes Gesicht. Kurzerhand packt er mich am Arm: „Leg dich sofort auf den Rücken und mach eine Kniepresse", weist er mich an.

Ich bin perplex: „Was soll ich machen – eine Kniepresse?"

„Ja, los, mach schon", sagt Harry.

Ich lache, weil ich denke, er macht Witze. Doch er bleibt ernst: „Lach nicht. Tu einfach, was ich dir als Freund und ehemaliger Bauer sage. Wenn du am Boden liegst, ziehst du die Beine an und schlingst die Arme um die Schienbeine."

„Wie bitte?" Ich kann mir das beim besten Willen nicht vorstellen.

„Hör jetzt mal zu", sagt er mit einem Tonfall, der keinen Widerspruch duldet. „Bleib in dieser Haltung und atme fünfzehn Mal tief durch. Du wirst sehen – in null Komma nichts ist die Atemnot weg."

Ich starre ihn fassungslos an. Für einen Moment frage ich mich, ob er das wirklich ernst meint oder mich gerade gewaltig veräppelt. Schliesslich platzt es aus mir heraus: „So ein Quatsch. Wer hat dir denn diesen Unsinn erzählt?"

Harry protestiert, das sei kein Blödsinn. Früher habe er das bei seinen Kälbern gemacht, wenn sie stark erkältet waren und schlecht Luft bekamen.

Seine Erklärung bringt mich zum Lachen: „Harry, du irrst dich gewaltig. Du hast deinen Viechern niemals eine Kniepresse wegen Husten und Schnupfen verpasst, höchstens bei heftigem Blähbauch."

„Ach, dann denk doch, was du willst", erwidert er trotzig.

Meine Kurzatmigkeit hat sich zwar mittlerweile von selbst erledigt, aber ich fühle mich wie ein abgenutzter Plüschbär. Auf meinen Wunsch kürzen wir die heutige Tour ab und schleppen uns nur noch bis zur Alpwirtschaft hoch. Harry scheint über meinen Vorschlag nicht unglücklich zu sein.

Die Beiz ist sehr geschmackvoll eingerichtet. Sie verfügt über eine Sonnenterrasse und ist flankiert von einem verwilderten, biodiversen Gemüsegarten. Wir nehmen auf der Terrasse Platz und warten auf die Bedienung. Derzeit ist noch nicht viel los. Ausser uns ist nur eine kleine Gruppe von Gästen anwesend, aber die machen Lärm wie eine Horde Fussballrowdys und stürzen sich lautstark auf die randvoll mit Glace gefüllte Gefriertruhe. Nach einer Weile kommt eine ältere Dame, gekleidet in einer eleganten und taillierten Edelweissbluse, in einem Lederrock und sichtlich abgespannt auf uns zu, um unsere Bestellung aufzunehmen. Kaum erblickt sie Harry, erhellt sich ihr Gesicht aber eklatant. Sie bleibt wie angewurzelt stehen und klatscht in die Hände: „Schau dir einer an, wer ist denn hier aus der Versenkung aufgetaucht." Harry strahlt vor Freude. Er steht auf und zieht den Bauch ein.

„Na? Bist du wegen mir hier oder ist das bloss Zufall?", stellt sie gleich zu Anfang klar.

„Peter und ich sind unterwegs und rein zufällig hier gelandet."

Sie stützt die Hände in die Hüften. Harry reagiert prompt und korrigiert sich: „Natürlich nur deinetwegen, Sandra, das ist doch selbstverständlich. Wir haben gezielt einen Umweg für dich gemacht, nicht wahr, Peter?"

Das ist unfair, denke ich. *Nur um seine eigene Haut zu retten, zieht er mich in seinen selbst verschuldeten Schlamassel mit rein.* Aber selbstverständlich helfe ich ihm aus der Patsche, indem ich überzeugend und glaubhaft nicke.

„Brav, Harry, das will ich hören", sagt Sandra. Sie macht einen grossen Schritt auf ihn zu und breitet die Arme aus: „Harry, quäle dich nicht länger. Lass die Luft raus und gönn deinem Bauch seinen Freiraum. Und jetzt komm her und lass dich endlich umarmen." Harry atmet aus. Sandra nimmt ihn in die Arme und drückt ihn fest. Er lässt sich knuddeln, fühlt sich aber sichtlich etwas gehemmt. Glücklicherweise lässt sie den armen Kerl schon bald wieder los, der nun erleichtert wirkt. Sie macht einen grossen Schritt zurück und begutachtet Harry mit einem verschmitzten Lächeln: „Wieder ein paar Unzen Hüftgold mehr zugelegt, aber trotzdem immer noch ein sehr ansehnliches Exemplar."

„Lass das, du machst mich verlegen."

„Das ist Absicht, mein lieber Harry, reine Absicht."

Der zuckersüsse Schmusekurs der beiden lässt mich kalt, doch Harry legt nach: „Du hast dich kein bisschen verändert. Für mich bist du immer noch die wahre Herrin der Berghänge." Sie verpasst ihm einen sanften Seitenhieb.

„Ach, du alter Schmeichler, hör auf … deine Komplimente waren auch schon mal besser. Aber jetzt ist Schluss mit dem Gesäusel." Sie klopft sich die Hände an der Schürze ab und mustert uns. „Ihr habt sicher Hunger nach der Arbeit, oder?" Wir entscheiden uns für das Tagesmenü.

„Bringe ich euch gerne. Übrigens, Harry, bevor ich es vergesse: Ich, deine einstige Tanzpartnerin, möchte dir noch ein Geheimnis anvertrauen. Ab kommendem Herbst übernehme ich das Präsidium des kantonalen Trachten- und Jodlerklubs."

Harry blinzelt überrascht – damit hat er nun wirklich nicht gerechnet. Doch ihr erwartungsvoller Blick macht klar: Das war kein Scherz. Stolz steht sie da, als warte sie auf Applaus. „Gratuliere, das hast du wirklich super hingekriegt", sagt Harry überschwänglich.

„Ich denke, das ist für dich doch wahrlich Grund genug, dem Verein wieder beizutreten", behauptet Sandra.

„Ach, ich weiss nicht recht. Das muss ich mir noch gründlich überlegen."

„Grüble nicht zu lange. Ich freue mich darauf, wieder mit dir tanzen zu können. Ausserdem suchen wir dringend einen neuen Kassierer im Verein, jemanden wie dich, Harry, der auch mal ein Auge zudrücken kann", sagt sie, bevor sie schnellen Schrittes verschwindet.

Sandras ernst gemeinte Worte setzen Harry sichtlich zu. Sein Gesichtsausdruck spricht Bände. Soll er etwa die Vereinsbuchhaltung manipulieren? Er, der immer so korrekt und zuverlässig ist? „Nein, so etwas kommt für mich nicht infrage, auch nicht für Sandra", murmelt er entschlossen. Er sieht mich fragend an und ich stimme ihm zu.

Jetzt, da Sandra weg ist, versuche ich meine unbändige Neugier zu stillen. Ich bin gespannt wie ein Gummiband um einen Elefanten: „Sag mal Harry, wo habt ihr zwei euch eigentlich kennengelernt?"

Obwohl er über meine Frage alles andere als erfreut ist, stellt er die Dinge klar: „Sandra ist eine liebe Kollegin, nicht mehr und nicht weniger. Wir sind im selben Dorf aufgewachsen, gingen zur selben Schule und haben, wie du gerade erfahren hast, jahrelang im selben Verein Volkstänze getanzt."

Trotz Harrys Erklärung und seiner leicht verlegenen Reaktion auf meine Frage bin ich mir sicher, dass da einmal mehr war. Ich bin überzeugt, dass zwischen den beiden einst ein Liebesfeuer loderte. Jetzt will ich es genau wissen und hake nach.

„Du meinst, zwischen mir und Sandra? Nein, wo denkst du auch hin. Sie ist einfach nur eine gute Kollegin. Ganz weit weg von dem, was du da wieder hineininterpretierst. Typisch, du bist so eine Wundernase."

Ich nutze die Gelegenheit, um das Thema zu wechseln: „Moment mal – du und Volkstanz? Jetzt bin ich aber baff. Das hast du schön für dich behalten."

„Ein paar kleine Geheimnisse möchte ich nicht preisgeben. Möchte Sherlock Holmes sonst noch etwas wissen?"

Eigentlich schon, aber ich bremse meine Neugier, denn nun bringt Erich, der Wirt und Sandras Mann sowie ein guter Freund von Harry, unser Essen. Er schwitzt stark und riecht sehr unangenehm nach Bratöl. Seine Küchenschürze ist mit Flecken von Grillsaucen in den unterschiedlichsten Farben übersät und zeugt von den unendlich vielen Stunden Einsatz am Grill.

„Ich habe soeben gehört, dass du wieder einmal bei uns zu Gast bist", sagt Erich und unterstreicht seine ehrliche Freude, indem er sich – wie früher – hinter Harry stellt und ihn am Genick packt. Dann lässt er sich neben ihm nieder, und im Nu schwelgen die beiden in gemeinsamen Erinnerungen. Ich stütze meinen Kopf auf und höre den beiden interessiert zu. So erfahre ich viel Kurioses und Alltägliches, das mich zum Schmunzeln, aber auch zum Nachdenken bringt.

Erich erinnert sich genüsslich an den gemeinsamen WK im Glarnerland, wo Harry zu ein paar Tagen Knast verknurrt wurde, weil er dem Feldwebel Rizinusöl unter das Essen mischte. Erich lacht heiter: „Ich sehe das Bild noch immer vor mir: Wie er sich beim Antrittsverlesen auf dem Kasernenareal abrupt an den Hintern fasste – und auf Zack wie eh und je in die Kaserne zurückrannte. Was haben wir damals gelacht."

„Das geschah diesem Schweinepriester zu Recht", sagt Harry. „Er nötigte uns nämlich zu einem Nachtmarsch, weil wir Küchengehilfen uns weigerten, der Truppe Anti Bock unters Essen zu mischen."

Sein Bonmot bringt Erich und mich zum Lachen, Harry selbst verkneift sich ein Grinsen. Sogleich stellt Erich klar: „Harry, hör auf, das ist ein Mythos. Sei ehrlich. Soviel ich von damals noch weiss, stahlt ihr in Tat und Wahrheit ein paar Flaschen teuren Rotwein aus der Offizierskantine und hattet euch in der Militärküche vollllaufen lassen …"

„Dann stürzte einer der Kumpels hackevoll in die Salatkiste und pennte sofort ein. Natürlich musste der Feldwebel just in diesem Moment zur Kücheninspektion auftauchen", erzählt Harry. Wir lachen und amüsieren uns über die alten, interessanten Geschichten, die jeder aus dem Militärdienst kennt und gerne erzählt.

Indes ist es Mittag geworden, doch die Gartenterrasse füllt sich nur schleppend. Zwar bleiben ein paar Wanderer zum Mittagessen, aber der gewohnte Ansturm bleibt wieder einmal aus. Eine kleine Wandergruppe marschiert über die Terrasse schnurstracks in die WC-Anlage, um ihre leeren Wasserflaschen aufzufüllen und verlässt die Wirtschaft sogleich wieder. Andere halten nur kurz vor der Terrasse an und setzen ihren Weg fort, ohne einzukehren. Erich beobachtet dieses aus seiner Sicht absonderliche Verhalten der Leute nicht erst seit gestern, sondern schon seit geraumer Zeit – besonders seit Corona – mit wachsender Besorgnis. Ihn ärgert die Veränderung in den Lebens- und Essgewohnheiten seiner Gäste zutiefst: Statt bei ihm einzukehren, fehlt ihnen scheinbar die Zeit – und sie ziehen es vor, ihre mitgebrachten Speisen irgendwo draussen in der freien Natur zu verzehren. Er ist überzeugt, dass dies einer der Gründe ist, warum sein Hof und seine Gastwirtschaft nicht mehr genug Ertrag für die ganze Familie bringen. Deshalb hat er sich kurzfristig pensionieren lassen und die gesamte Alpwirtschaft kürzlich an seine beiden Söhne übergeben. „Hast du dich denn vollständig von deinem Bauernbetrieb zurückgezogen?", fragt Harry.

„Ja, und es ist echt gut so. Es war allerhöchste Zeit für die Betriebsübergabe. Irgendwann merkt man einfach auch, dass man nicht mehr mit derselben Energie bei der Sache ist. Jetzt ist frischer Wind drin, und ich kann mich endlich ein bisschen zurücklehnen – ohne schlechtes Gewissen. Ich schaue mit Stolz zurück, aber auch mit Erleichterung nach vorn." Er lehnt sich entspannt zurück und lächelt zufrieden, als hätte er gerade eine schwere Last abgeworfen. Für einen Moment herrscht Stille – man spürt, dass seine Worte nachhallen. Dann beugt sich Harry leicht vor und durchbricht die Pause: „Und jetzt? Was machst du denn den lieben langen Tag? Ich hoffe doch sehr, dass du vor lauter Langeweile nicht umkommst", meint er leicht besorgt.

„Nein, auf keinen Fall, sei ganz unbesorgt. Ich habe mir inzwischen einen lukrativen Nebenjob gesucht, und wenn auf dem Betrieb viel Arbeit anfällt, unterstützen Sandra und ich unsere Söhne. Ausserdem nehme ich momentan mit grosser Freude an einem Vater-Kind-Kurs teil. Seit einem Monat weiss ich verlässlich, dass ich bald noch einmal Vater werde."

Einen Moment lang bleibt es still. Man sieht, wie Harry blinzelt und versucht, das Gehörte einzuordnen. Dann verzieht er das Gesicht – halb ungläubig, halb amüsiert – und schüttelt langsam den Kopf. „Ach, du meine Güte, Erich. Warum lässt du Bauerntrampel dich in deinem Alter noch auf solch ein Experiment ein?"

Erich ächzt laut: „Du hast gut reden. Du weisst gar nicht, wie schnell so etwas trotz aller Vorsicht passieren kann. Stell dir mal vor …"

„Nein, danke, das möchte ich mir lieber gar nicht vorstellen."

Erich bleibt hartnäckig: „Jetzt hör mal zu. Stell dir vor, du hast eine liebe Frau, die jeden Abend mit eiskalten Füssen zu dir aufs Sofa klettert, dein T-Shirt hochschiebt, ihre beiden *Eiszapfen* zum Aufwärmen stundenlang an deinen Bauch drückt und dann, eines schönen Tages, ohne dein Dazutun … Rums, ist deine Frau schwanger." Harry mustert ihn einen Moment, unsicher, ob er ihn auf den Arm nimmt oder es tatsächlich ernst meint. Dann schüttelt er grinsend den Kopf und erwidert lachend: „Ha, ha. Lass gut sein, Erich. Jeder Mann in unserem Alter, der damals mit roten Ohren im *Jugendmagazin Bravo* die vielseitige Rubrik: *Was dich bewegt* von Dr. Sommer verschlungen hat, weiss doch seither ganz genau, dass blosser Bauchkontakt niemals zu einer Schwangerschaft führen kann."

„Aber genau so ist das passiert", sagt Erich unbeirrbar, ohne auch nur mit der Wimper zu zucken.

„Ok, wenn du es sagst", antwortet Harry.

Da ertönt ein lauter, schriller Pfiff. Erich steht widerwillig und flugs auf, denn er weiss, dass Sandra jetzt auf seine Unterstützung zählt und der grosse Abwasch auf ihn wartet. Er verabschiedet sich und macht sich an die Arbeit. Harry und ich bleiben noch einen Moment sitzen, denn er möchte Sandra noch Adieu sagen. Die taucht aber nicht mehr auf und so begleichen wir unsere Zeche bei der Serviertochter und nehmen den Rückweg in Angriff.

Wir kommen nur langsam voran, denn wir sind müde. Plötzlich fährt eine schwarze, verlängerte Limousine an uns vorbei. Die Scheiben sind getönt und teilweise mit speziellen Gardinen verdunkelt. Ich atme tief aus. *Nochmals gut gegangen*, denke ich. Harry bekreuzigt sich dreimal und schickt ein leises Stossgebet zum Himmel. Für einen Seufzer der Erleichterung ist es aber noch zu früh, denn der Chauffeur wendet sein grosses Gefährt, bringt es exakt neben uns zum Stehen, kurbelt zögerlich das Fenster herunter und sagt mit veränderter Stimme: „Los, einsteigen. Ich nehme euch mit, eure Zeit ist nun gekommen."

Harry und ich reagieren überrascht. Harry beugt sich vorsichtig vor und schaut ins Auto. Dann bricht er in schallendes Lachen aus: „Erich, du?"

„Ja, wie du siehst", erwidert Erich mit einem Grinsen.

„Warum sitzt du neuerdings im Leichenwagen und nicht auf deinem Traktor?", will Harry unbedingt wissen.

„Ganz einfach, weil mein neuer Nebenjob eine grosse Ladefläche voraussetzt", erklärt Erich schulterzuckend.

„Du meine Güte, Erich, was hast du für einen Wandel vollzogen. Bis in jüngster Vergangenheit hast du noch Mastschweine zum Schlachthof gekarrt. Und nun?"

„Jetzt, Harry, jetzt transportiere ich stattdessen Tote. Was soll's."

Harry ist verblüfft über Erichs Aussage: „Erich, das war am Anfang doch bestimmt etwas merkwürdig für dich, Leichname zu transportieren. Schlagartig riecht es während der Fahrt nach Formaldehyd statt nach frischem Stroh, und im Fond herrscht eine unheimliche Stille. Das lässt doch niemanden kalt, oder?"

„Nein, du hast recht. Anfangs war mir bei diesen Transporten nicht ganz wohl. Mittlerweile habe ich mich aber an den Geruch gewöhnt – und daran, dass die Ladung beim Überfahren einer Bodenwelle nicht mehr quiekt." Er lacht schallend.

Plötzlich hat er es eilig: „Sandra hat mich gebeten, euch zum Bahnhof zu fahren, da ihr offensichtlich ziemlich erschöpft seid. Ich muss ohnehin in diese Richtung das hölzerne Leergut zurückbringen. Los, macht schon. Steigt ein." Harry und ich zögern, wir sind leicht irritiert. Ganz nebenbei werfe ich einen scheuen Blick ins Innere des Fahrzeugs; da steht tatsächlich ein Sarg im Heck. Ich zaudere: „Danke, Erich, für dein Angebot, aber ich hab's nicht eilig, mein letztes Ziel zu erreichen."

Erich scherzt: „Ach, du bist schon der Dritte heute, der nicht mitfahren will. Ob das wohl an meiner Fahrweise liegt?", fragt er und lacht.

„Ich fahre auch nicht mit", antwortet Harry. „Weisst du, Erich, ich hab's nicht so mit langen, stillen Fahrten. Zudem habe ich Angst vor engen Räumen."

„Keine Eile, Harry, ich hole dich irgendwann später ab." Dann kurbelt er die Scheibe hoch und fährt gemächlich davon. Wir winken Erich noch zu und setzen unseren Heimweg fort.

Kurze Zeit später machen wir eine Pause. „Verdammt, ich mag kaum noch gehen", stöhne ich. „Vielleicht hätten wir halt doch mitfahren sollen, Leichenwagen hin oder her."

Harry sieht mich an: „Ja, vielleicht. Aber mal ehrlich, Peter, was war der wahre Grund, dass du nicht mit Erich mitgefahren bist? Bist du etwa abergläubisch?"

„Ja, ein bisschen schon. Ich steige nur in Fahrzeuge, bei denen ich sicher bin, dass ich wieder zurückkomme."

Harry schmunzelt kaum merklich: „Kluge Entscheidung. Rückfahrten mit Erich sind in seinem neuen Job vermutlich eher selten."

Wenn der Zufall gewinnt

Die Sonne strahlt warm vom Himmel, während wir voller Vorfreude unserer Wanderung entgegenblicken. Es ist einer dieser seltenen Tage, an denen alles perfekt scheint: die majestätische Berglandschaft, das traumhafte Wetter und die spürbar heitere Stimmung. Überall herrscht reges Treiben, denn neben uns zieht es auch viele andere Menschen in die Berge. An der Talstation vom Sessellift hat sich eine Warteschlange gebildet und engagierte Mitarbeiter sorgen dafür, dass alles reibungslos abläuft und niemand vordrängelt. Alles verläuft diszipliniert und zügig. Schon nach kurzer Zeit sind Marina und ich an der Reihe. Ein Mitarbeiter hält den Dreiersessel kurz an, sodass wir schnell einsteigen können. Gleich darauf setzt sich ein älterer Herr neben mich und schon geht die Fahrt los.

„Dr. Felix Steinmann", stellt er sich knapp vor, ohne uns dabei anzusehen.

„Marina und Peter", erwidere ich freundlich, bemüht, die Stimmung locker zu halten. Der Mann ist gross und schlank, mit zerzaustem Haar. Die dicke, kantige Brille auf seiner Nase verleiht ihm einen leicht exzentrischen, intellektuellen Ausdruck. Seine ziemlich schmale Gestalt beansprucht kaum Platz, sodass Marina und ich uns nicht allzu eingeengt fühlen. Dennoch rücken wir unwillkürlich ein wenig näher zusammen.

„Schnell, den Sicherheitsbügel schliessen", ruft der Fremde und zieht ihn gleichzeitig mit einem Ruck nach unten. Marina und ich ziehen unsere Hände gerade noch rechtzeitig zurück, bevor der Bügel einrastet. „Den wenigsten ist bewusst, wie wichtig es ist, den Bügel schnell zu schliessen", bemerkt Dr. Felix Steinmann und wirft uns einen vorwurfsvollen Blick zu.

Ich lächle höflich und nicke: „Ach, hören Sie mal, da passiert schon nichts. Wir sind bestimmt nicht die Einzigen, die wegen ihres Bauchumfangs etwas länger brauchen, um den Bügel zu schliessen." Felix geht nicht auf meinen Kommentar ein, umklammert den Sicherheitsbügel fest und sagt mit ernster Miene: „Es ist enorm wichtig, den Bügel unmittelbar vor der Fahrt zu schliessen. Er sorgt dafür, dass die Passagiere im Sessellift sicher und stabil sitzen. Bleibt er zu lange offen, besteht die Gefahr, dass bei plötzlichen Bewegungen oder starkem Wind die Passagiere nach vorn gedrückt werden und im schlimmsten Fall aus dem Sitz fallen. Das Risiko, bei offenem Bügel aus dem Sessellift zu stürzen, darf man keinesfalls unterschätzen." Marina und ich werfen uns verblüffte Blicke zu. Wir sind sichtlich irritiert.

Der Lift gleitet ruhig über die grüne Landschaft. Unter uns erstrecken sich weitläufige Wiesen, durchzogen von schmalen Wanderpfaden. Kühe grasen friedlich und das leise Bimmeln ihrer Glocken hallt in der Ferne wider. Gerade als ich tief durchatmen will, um die frische Bergluft zu geniessen, beginnt Felix Steinmann in seine Hosentasche zu greifen: „Könnten Sie bitte ein Stück näher zu Ihrer Frau rücken? Dann komme ich besser an meine Hosentasche", sagt er und stösst dabei unbeabsichtigt mit dem Ellenbogen gegen mich. Wortlos rücke ich ein Stück zu Marina, die leise murmelt: „Komm mir bloss nicht zu nah, mir ist ohnehin schon warm."

Um es beiden recht zu machen, atme ich tief ein und halte die Luft an. „Wenn du dich noch dünner machst, rutschst du gleich aus dem Lift", flüstert Marina mit einem schelmischen Lächeln.

Ich schüttle nur den Kopf: „Keine Sorge, so leicht lasse ich mich nicht vertreiben."

Dr. Steinmann kramt ein Stofftaschentuch aus seiner Hosentasche und beginnt, seine verschmutzte Brille zu putzen. Immer wieder haucht er die Gläser an. Während Marina und ich die Aussicht geniessen, wirkt Dr. Steinmann, als sei er völlig in die Justierung seiner Brille vertieft. Die Landschaft scheint ihn kein bisschen zu interessieren. Plötzlich unterbricht er die Stille. „Sagen Sie, fahrt ihr auch bis ganz nach oben?", will er von uns wissen. Marina und ich sind von dieser unerwartet seltsamen Frage vollkommen perplex, werfen uns einen erstaunten Blick zu und pausieren für einen Moment. Doch dann reagiert Marina ungewohnt prompt und sagt trocken: „Nein, unsere Sitze fahren nur bis zur Hälfte der Strecke." Ich lache und füge hinzu: „Vorausgesetzt, wir stürzen nicht schon vorher ab."

Marina sieht mich an, als ob sie sich nicht entscheiden kann, ob sie lachen oder lieber besorgt sein sollte. Felix Steinmann reagiert nicht auf unsere Kommentare. Er setzt stattdessen seine Brille wieder auf. „Wären Sie so freundlich, noch einmal ein Stück näher zu Ihrer Frau zu rücken?", fragt er mit unerschütterlicher Gelassenheit. Seufzend rücke ich näher zu Marina, während Felix akribisch sein weisses Taschentuch zusammenfaltet und sorgfältig in seine Hosentasche zurücksteckt. Dann zieht er sein Handy heraus und beginnt nervös Nachrichten zu schreiben. „Du sitzt schon wieder so nah? Du bist heute aber ziemlich anhänglich", murmelt Marina leise, „bald sitzt du noch auf meinem Schoss."

„Ist das dein Angebot für ein Upgrade?", frage ich leicht schmunzelnd.

„Du bist schon nah genug, das reicht für heute", antwortet sie trocken. Unverzüglich rutsche ich ein paar Zentimeter von ihr weg.

Plötzlich hält der Sessellift abrupt an, bevor er kurze Zeit später wieder anläuft. Marina stösst ein erschrockenes „Ups" aus, während ich instinktiv meine Hände fester um den Sicherheitsbügel lege. Felix hingegen bleibt völlig unbeeindruckt und kommentiert gelassen: „Keine Sorge wegen des kleinen Rucklers. Die Wahrscheinlichkeit eines mechanischen Ausfalls bei Sesselliften liegt bei etwa 1 zu 10 Millionen. Natürlich spielen Faktoren wie das Alter der Anlage und der Wartungszustand eine bedeutende Rolle, aber diese Bahn hier macht mir einen soliden Eindruck."

„Puh, was bin ich erleichtert, dass Sie das sagen. Jetzt bin ich wirklich guter Dinge, dass alles reibungslos verläuft und wir pünktlich zu Hause sind, um unsere Lieblingsserie zu geniessen", sage ich und atme erleichtert auf.

Marina nickt und sagt: „Mir geht's genauso. Stell dir vor: Die Anlage bleibt stehen, und wir sitzen hier stundenlang fest – ein absoluter Albtraum." Ich muss schmunzeln über ihre

Sorge und lehne mich entspannt zurück. „Ein solches Szenario bereitet mir keinerlei Unbehagen", sage ich gelassen, „ich weiss nämlich genau, was in so einem Fall zu tun wäre."

Marina verschränkt die Arme, denkt kurz nach und sieht mich mit einem schelmischen Lächeln an: „Ach ja? Und wie würde der Herr sich aus dieser misslichen Lage befreien?"

„Ganz einfach. Ich würde mir den Fallschirm schnappen, der unter meinem Sitz verstaut ist, und ganz entspannt abspringen", antworte ich mit einem breiten Grinsen.

Marina schmunzelt und meint trocken: „Nicht schlecht, aber weit hergeholt, Peter. Deine Einfälle waren auch schon origineller."

Da meldet sich Felix Steinmann wieder zu Wort: „Falls ihr glaubt, ihr könnt euch jetzt in Sicherheit wiegen, täuscht ihr euch gewaltig. Es gibt noch zahlreiche weitere Risiken auf dieser Fahrt, die keinesfalls unterschätzt werden dürfen."

Ich lehne mich zurück und lächle. War ja klar, dass Felix die Lage noch ein bisschen dramatisieren muss – sonst wäre es ja zu idyllisch.

„Na, ganz toll, Herr Steinmann. Sie verstehen es wirklich, eine entspannte Fahrt noch angenehmer zu machen", sagt Marina mit einem ironischen Unterton.

„An welche speziellen Gefahren denken Sie spontan?", will ich wissen.

Er lässt seinen Blick prüfend über die Bäume um uns schweifen, nimmt seine Brille in die Hand und murmelt: „Bei Windgeschwindigkeiten wie heute, etwa 15 Kilometer pro Stunde, steigt das Risiko gefährlicher Schwankungen spürbar an." Dann kneift er die Augen zusammen, rümpft die Nase und fügt trocken hinzu: „Etwa 1 zu 2.000 Fahrten."

Die erhoffte entspannte Atmosphäre verflüchtigt sich zusehends, während eine unangenehme Spannung mehr und mehr die Oberhand gewinnt. Herr Steinmann hingegen scheint dies entweder nicht zu bemerken oder bewusst zu ignorieren. Gelassen meint er: „Interessante Informationen, oder?"

„Absolut unverzichtbar", entgegne ich trocken. „Genau das,

was man in so einer Situation unbedingt benötigt." Marina und ich tauschen einen kurzen, nervösen Blick. Sie wirkt angespannt, versucht aber, die Situation zu entschärfen: „Das ist … wirklich spannend", sagt sie schliesslich und richtet ihren Blick betont auf die Aussicht, als wollte sie die Spannung vertreiben. Dann wendet sie sich an ihn: „Entschuldigen Sie, wenn ich frage, aber woher haben Sie eigentlich all diese präzisen Statistiken und Details?"

Felix Steinmann beugt sich leicht nach vorn, schiebt seine Brille ein Stück nach unten und fixiert Marina mit einem durchdringenden Blick. Mit ruhiger, fast beiläufiger Stimme beginnt er: „Ich bin Physiker." Dann legt er eine Pause ein, die gerade ausreicht, um unsere Neugier zu wecken. „Viele Jahre habe ich als Risikoanalyst in einem spezialisierten Statistikteam gearbeitet", ergänzt er. „Unsere Aufgabe bestand nicht nur darin, alltägliche Risiken und Mängel zu identifizieren und Empfehlungen auszusprechen, sondern auch die Sicherheit von Sesselliften bis ins kleinste Detail zu gewährleisten." Seine Stimme bleibt dabei so gelassen, als sei dies die selbstverständlichste Arbeit der Welt, als wäre das Beherrschen von Gefahr und Wahrscheinlichkeit für ihn nicht mehr als blosse Routine.

Auf einmal hält Felix inne: „Hört ihr das?", fragt er gespannt. Marina zuckt mit den Schultern und wirft mir einen fragenden Blick zu. Ich spitze die Ohren. Doch ausser dem fernen Läuten der Kuhglocken, dem entfernten Rattern einer Landmaschine und dem vertrauten Brummen, das mit jedem Meter lauter wird, je näher wir dem nächsten Mast kommen, ist nichts Auffälliges zu hören. Doch dieses Mal klingt das Summen tatsächlich nicht nur lauter, sondern etwas verzerrt und unheilvoll. Marina und ich tauschen einen beunruhigten Blick, während Felix die Rollenbatterie über uns konzentriert mustert. Er spürt unsere Unsicherheit. „Man sollte die Gefahr eines plötzlichen Bruchs einer Seilrolle nie unterschätzen", bemerkt Felix beiläufig, als wäre das eine alltägliche Feststellung.

Diese Information hätte er wirklich für sich behalten können, denn unsere Nerven sind ohnehin schon angespannt. Ohne den prüfenden Blick von der Rollenbatterie abzuwenden, fügt er trocken hinzu: „Bei diesem älteren Rollentyp liegt die Bruchwahrscheinlichkeit etwa um 0,02 Prozent höher als bei moderneren Modellen." Seine Worte klingen unheilvoll, als wolle er uns auf eine unvermeidliche Katastrophe einstimmen. Ich werfe einen aufgeregten Blick zu Marina, die plötzlich ganz still geworden ist. Der Lift gleitet zwar weiter ruhig über die bunten Hänge, doch in meinem Kopf spielen sich bereits verschiedene Szenarien ab. „Warum erzählt Felix uns das bloss?", fragt Marina plötzlich leise, ohne den Blick vom Horizont abzuwenden. Ich beuge mich zu ihr und flüstere: „Vielleicht ist er einer von denen, die einfach zwanghaft alles und jeden mit ihrem Wissen beeindrucken müssen ..."

„Und dabei zielsicher den schlechtestmöglichen Moment erwischen", unterbricht mich Marina kopfschüttelnd.

Als wir schliesslich die Bergstation vor uns sehen, merke ich, wie die Anspannung in meinem Körper nachlässt. Ich habe mich noch selten so sehr darauf gefreut, wieder festen Boden unter den Füssen zu spüren. „Du meine Güte, wie bin ich froh, haben wir diese Fahrt heil überstanden", stelle ich laut fest.

„Und ich erst", sagt Marina, „mir war nicht ganz wohl bei dieser Fahrt." Felix Steinmann entgeht kein Wort von unserer Unterhaltung. Er dreht den Kopf zu uns, nimmt die Brille ab, mustert uns mit prüfendem Blick und warnt mit ernstem Ausdruck: „Glauben Sie bloss nicht, dass jetzt alles überstanden ist. Die Gefahr ist noch nicht vorbei. Bleiben Sie wachsam", mahnt er eindringlich, „auch jetzt beim Aussteigen. Immer wieder verfangen sich Jacken, Taschen und andere Gegenstände am Lift. Die Wahrscheinlichkeit ist zwar gering, aber niemals gleich null." Sein Blick schweift kurz über uns, dann hebt er vorsichtig den Bügel an, während die Station näher rückt. Die Aufsichtsperson steht bereit und richtet ihren aufmerksamen Blick konzentriert auf uns. Sie streckt uns nacheinander die Hand entgegen, um beim Aussteigen zu helfen. „Beeilen Sie sich ein wenig", ruft sie eindringlich. Felix ergreift ihre Hand, steigt vorsichtig aus dem Sessel und verharrt einen Moment regungslos. Dann gleitet sein Blick ein letztes Mal zur Seilbahn zurück, als könnte jeden Augenblick etwas Unerwartetes geschehen. Kurz darauf dreht er sich zu uns um, nickt kurz und geht davon.

Nun sind Marina und ich an der Reihe. Die Aufsichtsperson spricht mit fester Stimme: „Achtung, jetzt! Bleiben Sie ruhig und steigen Sie zügig aus." Ein kurzer Moment der Unsicherheit, dann stehen wir sicher auf dem Boden. Die Geräusche der Station umgeben uns wieder und die Seilbahn fährt ruhig weiter. Einen kurzen Augenblick sehen Marina und ich Dr. Felix Steinmann wortlos nach. Die Erleichterung darüber, wieder allein zu sein, ist fast greifbar. Nachdem wir die Rucksäcke geschultert und uns für die Wanderung gerüstet haben, gleitet Marinas Blick in die Ferne. Mit einem tiefen Seufzer durchbricht sie die Stille: „Weisst du", sagt sie schliesslich, während ich an meinen Schuhbändern herumfummle, „für heute reicht es mir, wenn die Schwerkraft einfach tut, was sie soll."

Ich schmunzle, richte mich auf und nicke: „Da bin ich ganz bei dir." Ich halte einen Moment inne und füge hinzu: „Wobei ich gestehen muss, dass ich bei diesem steilen Anstieg heute lieber etwas weniger Schwerkraft hätte."

Kaum habe ich das gesagt, zerreisst ein lauter Knall die Stille. Ein Tannenzapfen kracht direkt neben mir auf den Boden und lässt mich vor Schreck zusammenzucken. „Mann, da habe ich aber Glück gehabt", sage ich laut.

„Ja, das hast du", antwortet Marina.

Ich blicke noch einmal nach oben, als könnte ich die Antwort irgendwo zwischen den Ästen finden. „Was denkst du, wie gross ist wohl die Chance, von einem Tannenzapfen getroffen zu werden?", frage ich neugierig.

Marina schaut mich irritiert an: „Wahrscheinlich nicht besonders gross", sagt sie leise und richtet ihren Blick auf die dunklen Äste über uns. „Felix wüsste bestimmt genau, wie hoch die Wahrscheinlichkeit ist, von einem solchen getroffen zu werden. Vielleicht war es ein Zeichen."

„Ein Zeichen?", frage ich und runzle die Stirn. Marina blickt weiterhin zu den Tannen hinauf und murmelt: „Das war bestimmt Felix." Ihre Stimme klingt so leise, dass ich mich vorbeugen muss, um sie zu verstehen. „Vielleicht wollte er uns warnen, vorsichtig zu sein, wenn wir unter den Tannen durchgehen. Er hat uns eindringlich gesagt, wir sollen wachsam bleiben." Ich seufze und blicke auf den schmalen Pfad vor uns. „Gut, ab jetzt überlassen wir nichts mehr dem Zufall", sage ich mit einem Hauch von Ironie. Marina nickt, und wir setzen unseren Weg vorsichtig fort, stets den schmalen Pfad im Blick. Mit Bedacht weichen wir den Tannen und den tief hängenden Ästen aus. Schritt für Schritt tasten wir uns voran, die Augen stets nach oben gerichtet. „Siehst du?", sage ich leise. „Felix hätte keinen Grund, uns zu tadeln, wie er es sonst so gerne tut. Solange wir vorsichtig bleiben, kann eigentlich nichts schiefgehen."

Marina antwortet leise: „Trotzdem würde er sicher irgend-etwas finden, um uns doch noch einen Vortrag zu halten, allein aus prinzipiellen Gründen." Ich lache leise und nicke, während wir unseren Weg aufmerksam fortsetzen. Marina setzt gerade an, etwas zu sagen, als ich plötzlich einen dumpfen Schlag an meiner Schulter spüre. Augenblicke später folgt ein feuchtes, matschiges Platschen, das sich unangenehm kalt auf meiner Haut anfühlt. Instinktiv bleibe ich stehen und taste nach der Stelle. Meine Finger treffen auf etwas Klebriges. „Was ist passiert?", fragt Marina alarmiert. Ich drehe mich zu ihr um und halte meine Handfläche hoch. Ein dicker, weisser Fleck ist sichtbar. „Ein Vogel", sage ich langsam, „hat … getroffen." Marinas Augen weiten sich und für einen Augenblick bleibt sie still. Dann bricht sie in schallendes Gelächter aus, das zwischen den Bäumen widerhallt. Sie keucht: „Und wir dachten, die Tannen und ihre Zapfen wären das Problem." Sie presst die Lippen zu einem schmalen Strich und murmelt: „Weisst du, Felix hat uns immer gepredigt, auf alles vorbereitet zu sein. Aber zweifellos hat er den Zufall in seiner Statistik übersehen."

Ich schnaube leise und tupfe mit einem Taschentuch meinen Jackenärmel ab. „Tja, manchmal irrt auch Felix."

Vom Couchpotato zum Alphirten

Ich betrete die kleine Gartenwirtschaft und sehe mich nach einem freien Platz um. Es duftet fein nach Grilladen und verglühter Holzkohle. Die Gäste sind laut und das Servicepersonal hat alle Hände voll zu tun. Es herrscht Hochbetrieb und es scheint ausweglos, einen freien Platz zu bekommen. Ich bin schon kurz davor wegzugehen, als mir jemand zuwinkt und ruft: „Hey, hallo, hier wird gleich frei." Ein Mann und seine Familie erheben sich vom Tisch, sammeln ihre Sachen zusammen, räumen das benutzte Geschirr weg und lassen mir den Platz. „Übrigens, die Unordnung stammt nicht von uns – wir haben den Tisch so vorgefunden", erklärt der Mann. *Ach, lass gut sein*, denke ich, *auch ich habe mich schon mit dieser billigen Notlüge herausgeredet.*

Der Sitzplatz sieht aus, als wäre gerade ein chaotischer Kindergeburtstag zu Ende gegangen. Die Tischplatte fühlt sich klebrig an, überall liegen Essensreste, zerknüllte Servietten, ausgequetschte Ketchup-Beutel und beschmierte Bierdeckel verstreut, sowohl auf als auch unter dem Tisch. Ohne zu zögern kremple ich die Ärmel hoch. Zuerst stelle ich den bunten Sonnenschirm so auf, dass der heiss ersehnte Schatten genau an die Stelle fällt, wo ich ihn haben möchte. Dann wische ich die schmuddelige Tischplatte mit Unmengen Erfrischungstüchern ab und sammle schliesslich den grössten Unrat ein. Gerade in dem Moment erscheinen eine Frau und ein junger Mann, offenbar Mutter und Sohn, und rufen: „Hallo!"

„Grüezi", erwidere ich etwas zurückhaltend, während ich sie mit einem kurzen Blick mustere. Die Mutter wirkt freundlich, aber bestimmt – als ob sie genau wüsste, was sie hier will. „Na, da ist aber jemand richtig fleissig", sagt sie mit einem Blick auf das Chaos um mich herum und hebt dabei leicht die Augenbrauen. Ab 1.000 Höhenmetern ist man sowieso per Du, also fragt sie locker: „Na, bist du mit dem Entrümpeln bald durch?"

„Ja, ich bin gerade eben fertig geworden", antworte ich

knapp und wische mir den Schweiss von der Stirn. „Hervorragend, dann kommen wir ja wie gerufen", entgegnet sie mit einem zufriedenen Lächeln und setzt sich ohne weiteres Zögern hin.

„Krass, Alter, bin ich geschafft", jammert ihr Sohn Kevin. Er lässt sich unter Ächzen in einen der Stühle plumpsen und legt Arme und Kopf auf den Tisch. Die Mutter klaubt eine Schachtel Zigaretten aus ihrem Rucksack hervor und zündet sich eine Zigarette an: „Rauchst du?", fragt sie und streckt mir die zerknautschte Packung entgegen.

„Nein, ich habe längst damit aufgehört, denn Rauchen verkürzt das Leben."

„Sehr vernünftig", sagt sie. „Ich sollte auch nicht mehr rauchen, aber im Moment brauche ich diese Sargnägel, denn sie beruhigen mich und allein diese Tatsache ist mir zurzeit einiges bedeutsamer als ein langes Leben." Sie inhaliert einen tiefen Lungenzug, bläst den Rauch geräuschvoll aus und verstaut die Box im Aussenfach ihres Rucksacks.

„Sag mal, sind neuerdings wir Gäste in den Bergbeizen für Sauberkeit und Ordnung verantwortlich?", fragt sie und fährt spontan mit der Hand durch ihr kurz getrimmtes Haar. Ich finde, sie sollte es eine Spur länger tragen.

„Nein, beileibe nicht", entgegne ich, „aber ich lege nun mal Wert auf einen sauberen Tisch und eine ordentliche Umgebung. Wenn sich – wie hier – niemand zuständig fühlt, nehme ich die Sache eben selbst in die Hand."

Kevin ihr Sohn hebt den Kopf und grinst breit: „Perfekt! Dann kannst du nachher gleich in meinem Zimmer weitermachen – da fühlt sich nämlich auch keiner zuständig."

Die Mutter entgegnet prompt: „Kevin, du fauler Sack, vergiss das ganz schnell wieder. Deinen Taubenschlag putzt du schön selbst – keine Sorge, daran wirst du schon nicht zerbrechen. Ausserdem besteht für eine fremde Person ein gewisses Sicherheitsrisiko, wenn sie sich in deinem Zimmer aufhält", sagt sie trocken und zieht eine Augenbraue hoch. Ich lache leise. „Hm, blöd aber auch", entgegne ich. „Dann wird das wohl nichts – ich putze ungern mit Helm."

„Schade, wir hätten Freunde werden können", meint Kevin keck, zuckt mit den Schultern, setzt sich seine pompösen Kopfhörer auf und lässt sich von dumpfen Bässen wegtragen.

Die Mutter wirft einen Blick über die Terrasse und drückt ihre Zigarette aus. „Du meine Güte, seht euch das mal an", murmelt sie. „Wie viele Leute sich hier oben versammeln. Ich verstehe ja, dass jeder eine Erfrischung sucht – aber muss das ausgerechnet auf *dieser* Alp sein?" Sie verzieht das Gesicht, als würde ihr der ganze Trubel körperlich zu schaffen machen. „Und dieser ständige Lärm … das ist kaum auszuhalten. Ich fürchte, ich bekomme gleich eine Panikattacke", sagt sie und reibt sich die Stirn. Einen Moment lang wirkt sie völlig fahrig, nestelt nervös an ihrem Ärmel und vermeidet meinen Blick.

„Bitte, mach jetzt keinen Aufstand", sage ich schliesslich und schiebe ihr halb im Scherz den Rat hinterher, sich mit einer weiteren Zigarette zu beruhigen. Zur Unterstützung reiche ich ihr ein Erfrischungstuch.

„Ach, sei nicht so besorgt", winkt sie ab. „Ich habe es mir anders überlegt. Ein Anfall wird's wohl doch nicht geben." Sie rutscht dennoch nervös auf dem Stuhl hin und her – und mir fällt ein Stein vom Herzen.

„Wo bleibt eigentlich die Kellnerin?", fragt die Mutter. „Die hat sich bis jetzt auch nicht blicken lassen."

„Es ist momentan etwas viel los", antworte ich.

Keck schaut sie über ihre Brille hinweg, zündet sich eine Zigarette an und beobachtet derweil ihren Sohn. Dann stupst sie ihn an. Kevin zuckt zusammen, nimmt zögerlich die Kopfhörer ab, schaut lustlos umher und fragt: „Mami, hast du was gesagt?"

„Nein, habe ich nicht. Aber deine Mutter und Mitbewohnerin würde nur zu gern wissen, was ihr Sohn essen möchte."

„Pommes mit viel Ketchup", antwortet er knapp und überzeugt.

„Müssen es denn unbedingt immer Pommes sein? Wie wär's stattdessen mal mit Salat oder Gemüse, mal mit was Gesundem?", fragt sie.

„Mami, ich stelle ernüchternd fest, dass du dich mit diesem Knollengewächs nicht auskennst. Pommes sind Kartoffeln und die werden in zahlreichen südlichen Ländern als Gemüse bezeichnet."

„Wenn dir mal keine Ausrede mehr einfällt", sagt sie, kneift ihre Augen zusammen und fragt: „Haben die hier eine Speisekarte?"

„Ja, klar", antworte ich, „die flattert hier irgendwo rum." Ich könnte schwören, dass ich sie eben noch gesehen habe. Nun zieht Kevin die ganze Aufmerksamkeit auf sich. Er beginnt, mit der einen Hand Runen und Zeichen in die Luft zu malen, die andere Hand hält er hinter dem Rücken: „Knatter Gold und Ziegenhaar, erst war sie weg, nun ist sie da", sagt er und zaubert ruckzuck die Menükarte hinter seinem Rücken hervor. Dann streckt er sie seiner Mutter entgegen und fragt: „Mami, warum nutzt du nicht diese, bis du eine andere findest?"

Als sie ahnungslos danach greift, zieht Kevin rasch seine Hand zurück und seine Mutter fasst ins Leere. Indes Kevin sich sichtlich darüber freut, dass seine Mutter auf diesen uralten Trick hereingefallen ist, bleibt diese gelassen. Sie macht gute Miene zum bösen Spiel: „Mein Gott, ist mein Sohn heute wieder lustig, bestimmt hat er den guten Laune-Tee doppelt so lange ziehen lassen", sagt sie und klopft sich auf die Schenkel. Dann fragt sie: „Sag mal, Kevin, wo hast du bloss diesen doofen Zaubertrick her? Der hat doch schon längst ausgedient. Damit lockst du keinen Hund mehr hinter dem Ofen hervor."

„Höchstens noch die eigene Mutter", antworte ich. Die Mutter wirft mir einen schiefen Blick zu, während Kevin sein Lachen kaum unterdrücken kann. Er zuckt mit den Schultern und stülpt sich seine Kopfhörer über. Wieder wummert der Bass und ein sanftes Headbangen setzt ein.

Die Mutter rümpft die Nase: „Ach, herrje, wenn ich doch nur wüsste, worauf ich Appetit habe", sagt sie. Langweilig überfliegt sie die abgewetzte Speisekarte und findet trotz des umfangreichen Angebots nichts, was ihr zusagt. „Ich denke, ich nehme auch Pommes, aber ohne und diese

schreckliche rote Sosse", sagt sie, drückt die bis zum Filter gerauchte Zigarette aus, rutscht ganz nach vorn auf die Stuhlkante, stützt ihr Gesicht auf, stösst ihren Sohn in die Seite und fragt: „Kevin, könntest du bitte für einen Moment deine riesigen Ohrenwärmer abnehmen und dein Handy beiseitelegen, damit ich mit dir sprechen kann?"
Der Angesprochene zeigt keine Reaktion, nichts, gar nichts. Es scheint, als ob er weder hört noch etwas wahrnimmt.
„Das glaub' ich jetzt aber nicht", ruft sie und unternimmt sogleich einen zweiten Anlauf. Sie kneift ihn zünftig in den Arm. „Alter, aua! Bist du bescheuert?' sagt er und reisst sich genervt die Kopfhörer vom Kopf. Er massiert sich theatralisch das Ohr, während ich mir ein Grinsen verkneife. Kaum hat sich die Szene beruhigt, hebt seine Mutter die Stimme: „Kevin, hast du eventuell eine Sekunde Zeit für deine Mutter? Wir sollten dringend miteinander reden."
„Ja, wenn es denn unbedingt sein muss", mault Kevin. Er verdreht demonstrativ seine Augen und an seinem Gesichtsausdruck sehe ich sofort: Er ahnt, worum es geht. Und er weiss bestimmt auch, dass aus der versprochenen Sekunde gleich eine ausgewachsene Sitzung wird. „Sag, Kevin, hast du diese Woche schon etwas für deine Berufslehre getan?'"
Hoppla. Da ist sie wieder, diese äusserst unbequeme Frage, die ihm seine Mutter tagtäglich stellt und die er so sehr hasst. Kevin schnieft und verschränkt die Arme, denn er sieht einmal mehr keinen Grund, mit seiner Mutter über das leidige Thema *beruflicher Werdegang* zu debattieren. Ihm ist es nämlich schnurzpiepegal, dass er immer noch keine Schnupperlehre hat. Im krassen Gegensatz zu seiner Mutter ist er felsenfest davon überzeugt, dass er seinen Traumjob eines Tages ohne viel eigenes Dazutun finden wird.
Ich gestehe Kevin zweifelsohne ein, dass es unter diesen schwierigen Voraussetzungen für ihn ein Ding der Unmöglichkeit ist, dem anstehenden Gespräch die nötige Aufmerksamkeit und die gebührende Ernsthaftigkeit beizumessen. Nur um ihr zu gefallen, macht er mit. „Kevin, hast du überhaupt eine Ahnung, wie wichtig eine Berufslehre

für deine Zukunft ist. Du kannst nicht länger den lieben langen Tag zu Hause herumsitzen und nichts tun. Es kann nicht sein, dass du mehr Zeit auf dem Sofa verbringst, als an einem Praktikumsplatz", wirft sie ein.

„Halt, stopp", ruft Kevin. „Das Sofa ist ein wesentlicher Bestandteil meines kreativen Prozesses. Dort überlege ich, wie ich meine Zukunft gestalten kann."

„Kevin, du bist nicht lustig. Du musst dich unbedingt mehr anstrengen. Andere machen schon längst ein Praktikum und du? Was machst du? Du sitzt den ganzen Tag herum, wie ein Faultier."

Kevin tut so, als würde er ein Faultier nachahmen: Er streckt sich übertrieben langsam, gähnt theatralisch und sagt dann mit einem breiten Grinsen seinen Satz. „Mami, ich habe dir schon hundertmal gesagt; sprich nicht so abschätzig über Faultiere. Das sind sehr effiziente Tiere. Die verbrauchen wenig Energie und ruhen viel aus. Das klingt nach einem perfekten Lebensstil."

Die Mutter schlägt sich theatralisch die Hand an die Stirn. „Was zum Geier heisst hier perfekter Lebensstil? Du willst doch nicht etwa dein ganzes Leben lang auf Bäumen hängen und Blätter essen, oder?"

„Na ja, solange die Blätter Bio sind, klingt das gar nicht so übel."

Die Mutter wirkt inzwischen gereizt: „Kevin, wenn du so weitermachst, wirst du in zehn Jahren noch in unserem Keller wohnen müssen, weil du dir keine eigene Bude leisten kannst."

Kevin lässt sich von ihrem Tonfall nicht aus der Ruhe bringen und kontert mit einem unschuldigen Lächeln: „Dann kannst du wenigstens davon ausgehen, dass ich immer pünktlich zum Abendessen da bin."

Abrupt beendet Kevin den Dialog und zieht demonstrativ seine Kopfhörer über. Die Mutter gibt sich geschlagen und legt ihre Stirn in Falten. Sie schenkt ihrem Sohn keinen einzigen Blick.

Zwischenzeitlich ist es unangenehm heiss geworden und die Luft ist schwül. Trotzdem herrscht nach wie vor viel Publikumsverkehr auf der Terrasse. Der Rubel rollt, die Stimmung ist ausgelassen und der wuchtige Grill läuft auf Hochtouren. Schliesslich taucht die langersehnte Kellnerin auf, allerdings mit schlechter Laune und wenig Lust auf Small Talk. Ohne ein Wort nimmt sie unsere Bestellungen auf, während sie mit einem ausgefransten, schmuddeligen Lappen über den Tisch wischt. Kaum hat sie die Wünsche notiert, ist sie auch schon wieder verschwunden. Für einen Moment herrscht Schweigen, dann wende ich mich an Kevin: „Du bist also auf Lehrstellensuche?"

„Ja, schon länger … aber bis jetzt halt ohne Erfolg."

„In welche Richtung suchst du denn?", hake ich nach.

Noch bevor Kevin antworten kann, mischt sich seine Mutter ein: „Kevin sucht eine Stelle, die ihm von ganz allein nachläuft."

Kevin runzelt die Stirn, zögert kurz und knurrt dann: „Alter, ich check gar nicht, was du da redest." Dann kratzt er sich das Kinn und wirft mir einen verspielten Blick zu: „Aber hey, apropos Lehrstelle, die einem nachläuft; kennst du zufällig jemanden, der solch einen Job anbietet?", fragt er mich.

„Tut mir leid, Kevin. Ich denke, du bist etwas spät dran, diese Stellen sind wahrscheinlich schon alle besetzt. Du musst dich selbst drum kümmern."

Die Mutter schmunzelt und sagt: „Vor ein paar Tagen hat er gesagt, er werde wohl Astronaut oder Superheld. Wenn's um Zukunftspläne geht, kennt Kevin keine Grenzen."

„Mami, bitte! Musst du das jetzt allen erzählen?", ruft Kevin empört.

„Aber hey, warum denn nicht", werfe ich ein. „Klingt doch verlockend und abenteuerlich. Nur: Wenn du dir irgendwann einen deiner Träume erfüllen willst, brauchst du vorher einen Job – sonst kannst du dir das gar nicht leisten."

Kevin grinst breit. „Darum denke ich schon länger ernsthaft darüber nach, Profi-Eiscreme-Tester oder Bettenprüfer zu werden."

„Das wird ja immer besser", antwortet die Mutter und schüttelt den Kopf.

„Weisst du was, Kevin? Und wenn gar nichts klappt, dann

probier's halt als Zauberer", sage ich aufmunternd. Die Mutter opponiert unverzüglich: „Um Himmelswillen. Bloss nicht. Plötzlich steht ein Drache in unserm Garten."

„Oder stell dir vor, Freunde kommen zu Besuch und werden von sprechenden Möbeln erschreckt", ergänze ich. Wir lachen.

Kevin widerspricht: „Magier? Nicht mein Ding. Nur ein Trick, leere Reihen – dann bin ich schneller pleite, als ich „Abrakadabra" sagen kann."

„Selbsterkenntnis ist der erste Schritt zur Besinnung", antwortet die Mutter und rutscht dicht an ihren Sohn heran, denn soeben sind die bestellten Fritten serviert worden. Sie knabbert genüsslich ihre Pommes, die sie vor jedem Bissen in den Ketchup auf dem Teller ihres Sohnes tunkt. Kevin stört sich am Verhalten seiner Mutter. Er findet es das Allerletzte, dass sie in seinen Teller langt und ihm den köstlichen Ketchup wegputzt. Ausgerechnet seine Mutter, die stets behauptet, sie möge diese rote Sauce nicht. Er rankt auf seinem Stuhl hin und her, schiebt seinen Teller zur Mutter, legt seine Kopfhörer wieder an und zieht die Hoodie-Kapuze über.

Der Mittagsansturm ist vorüber und der Senn nutzt die ruhigere Zeit, um sich um seine Gäste zu kümmern. Er schlendert von Tisch zu Tisch und erkundigt sich freundlich nach deren Befinden. Als er an unserem Tisch ankommt, bleibt sein Blick auf Kevin hängen, der inzwischen mit nach unten gezogenen Mundwinkeln wie eine Banane über dem Tisch gebeugt sitzt. Der Senn zögert kurz, bevor er ihm sanft auf die Schulter tippt. Kevin blinzelt und richtet sich langsam auf, während er die Kopfhörer abnimmt. „Na, junger Mann", sagt der Wirt mit einem breiten Grinsen, „du schaust drein, als hättest du gerade in eine uralte Socke gebissen. Was liegt dir denn auf dem Herzen?"

Kevin senkt den Blick und murmelt: „Alles gut, kein Ding."

Der Wirt zieht eine Augenbraue hoch: „Alles gut? Kein Ding? Warum schaust du dann, als hätte dir jemand dein ganzes Ketchup weggefuttert?" Kevin kann sich ein Lachen nicht verkneifen und seufzt: „Genau deswegen habe ich mich eben mit meiner Mutter gezofft. Sie ass wirklich mein ganzer Ketchup auf."

Der Wirt lacht: „Das ist wirklich hart, Junge. Aber Pommes schmecken auch ohne Ketchup." Kevin lächelt flüchtig, doch der Wirt lässt nicht locker: „Oder steckt da mehr dahinter? Steht dein Frühstück nicht pünktlich auf dem Tisch?"

Kevin schweigt und verzieht das Gesicht. Er ist offensichtlich nicht bereit, darüber zu sprechen. Der Senn spürt die angespannte Stimmung und versucht, Kevin aufzumuntern. „Magst du Tiere?", fragt er.

Kevins Augen leuchten auf. „Ich liebe Tiere", ruft er.

„Möchtest du das Kälbchen sehen, das gestern Abend geboren wurde?", fragt der Senn.

Kevin nickt eifrig. „Ja, unbedingt. Das will ich sehen."

„Dann nichts wie los – lass uns gehen."

„Boah, ich kann's echt kaum erwarten!', ruft Kevin voller Vorfreude.

Sie setzen sich in Bewegung – da ruft seine Mutter ihnen hinterher: „Kevin, bleib nicht zu lange weg."

„Keine Sorge, gute Frau", beruhigt sie der Senn. „Du bekommst deinen Sohn gleich wieder zurück."

Auf dem Weg zum Stall, fernab von Kevins Mutter, nutzt der Senn die Chance, um Kevin besser kennenzulernen. Immer wieder hält er an, lenkt das Gespräch geschickt in die richtige Richtung und fragt schliesslich: „Geht es wirklich nur um den Streit wegen des Ketchups, oder steckt mehr dahinter? Willst du mir erzählen, was dich wirklich beschäftigt?"

Kevin zögert kurz, dann platzt es aus ihm heraus: „Ach, weisst du … meine Mutter nervt mich dauernd, weil ich noch keine Schnupperlehre habe. Sie meint, das sei mega wichtig – sonst … keine Ahnung, was dann.'"

„Ach, das klingt ja, als ob die Welt untergehen würde, nur weil du noch keinen Ausbildungsplatz hast. Hat sie bereits angefangen, Notvorräte zu horten?"

Kevin lacht. „Haha, nein. Sie hat mir zwar 'ne Liste mit mega vielen Firmen gegeben … aber ehrlich, ich check gar nicht, in welche Richtung ich suchen soll." Der Wirt kratzt sich am Kopf: „Weisst du, Mütter haben oft einen festen Plan für ihre Kinder. Deine möchte bestimmt nur das Beste für dich und ist überzeugt, dass sie genau weiss, was für deine sorgenfreie Zukunft am besten ist. Nimm das nicht zu schwer und bleib entspannt. Verliere den Mut nicht, du wirst schon noch deinen Beruf finden."

Schliesslich erreichen sie den alten Rinderstall, wo auf frischem Stroh ein kleines, flauschiges Kälbchen neben seiner Mutter liegt. Kevin betrachtet das Neugeborene mit grosser Freude. Für das Stadtkind ist der Anblick faszinierend und neu: „ Krass, ich hab noch nie ein Kälbchen gesehen."

Eine Viertelstunde später meint der Senn: „Lass uns zurückgehen, bevor deine Mutter sich noch Sorgen macht und eine Vermisstenanzeige aufgibt. Ausserdem habe ich noch einiges zu erledigen." Der Alphirt bringt Kevin zu seinem Platz zurück und sagt mit einem Augenzwinkern: „Wie versprochen, habe ich dir deinen Sohn unversehrt zurückgebracht."

„Gott sei Dank, du bist wieder da. Ist dir auch wirklich nichts zugestossen?", fragt die Mutter besorgt.

„Nein, Mami, alles in Ordnung", antwortet Kevin und setzt sich. Mit einem hungrigen Blick auf den Tisch fragt er: „Hey, echt jetzt? Keine Pommes mehr? Ich sterbe vor Hunger – ihr hättet mir echt ein paar lassen können." Er schaut fragend zu seiner Mutter, die beschämt den Blick abwendet und keine Antwort gibt. Der Senn und ich können uns ein Schmunzeln nicht verkneifen.

Plötzlich ertönt ein lauter Ruf über die Terrasse: „Die Kühe sind los, die Kühe sind los." Alle Gäste heben gespannt ihre Köpfe und blicken neugierig umher. Mit einem kräftigen Muh kündigen sich die Tiere an und kurz darauf erscheinen die ersten Kühe auf der Terrasse. „Was zum Henker …", ruft der Senn entsetzt, während er sich einen Überblick über die Situation verschafft. Stirnrunzelnd ruft er seine Frau an und bittet sie um dringende Unterstützung. Dann stürzt er mit ausgebreiteten Armen auf die Kühe zu und ruft: „Schnell, Kevin, hilf mir."

Kevin schaut verblüfft auf. Hat der Wirt ihn wirklich um Hilfe gebeten? Wie soll ein eingefleischtes Stadtkind wie er dem Senn helfen können? Er hat doch von Viehtrieb etwa so viel Ahnung, wie Pinguine vom Roulette spielen. Soll er gerade der Retter in der Not sein?

„Kevin, ich schaffe das nicht allein. Los, beweg dich, mach schon", ruft der Senn verzweifelt. Kevin fasst sich ein Herz, krempelt schnell die Ärmel hoch und eilt dem Senn zu Hilfe. „Pass auf, Cowboy", mahnt der Wirt mit ernster Miene. „Unsere schwierige Aufgabe ist es, die entlaufenen Kühe zurückzutreiben und zu verhindern, dass die restliche Herde den Gasthof stürmt."

Kevin wirft sich ohne zu zögern ins Getümmel. Mit wilder Entschlossenheit stürzt er sich auf die Herde, lenkt und treibt die Tiere zurück. Doch inmitten des Chaos wird er für einen Moment unachtsam, verliert den Halt und stürzt der Länge nach zu Boden. Mit klopfendem Herzen reisst er sich zusammen, springt auf und blickt hastig um sich. Erleichtert stellt er fest, dass niemand seinen kleinen Ausrutscher bemerkt hat. Rasch setzt er seinen Einsatz fort, als plötzlich weitere Helfer zur Stelle sind. Mit vereinten Kräften gelingt es ihnen, die Kühe zurück auf die Weide zu treiben und den Zaun behelfsmässig zu reparieren. Endlich kehrt auf der Terrasse wieder Ruhe ein. Der Sturm ist vorüber und Kevin atmet tief durch. Der Schrecken ist vorbei, doch das Abenteuer wird ihm noch lange im Gedächtnis bleiben.

„Wo ist mein Sohn?", fragt die Mutter besorgt.

„Keine Sorge, er wird bestimmt gleich zurück sein", antworte ich und noch bevor ich die letzten Worte ausgesprochen habe, taucht Kevin auf. Mit einem breiten Grinsen klatscht er in die Hände und ruft stolz: „So, das hätten wir geschafft. Das war's für heute." Er strahlt vor Glück und wirkt erleichtert.

Seine Mutter schlägt die Hände vor dem Gesicht zusammen: „Himmel, Kevin, was ist denn mit dir passiert? Schau dich mal an. Geh sofort auf die Toilette und wasch dir

Gesicht und Hände." Kevin verzieht das Gesicht. „Später, Mami. Grad passt's überhaupt nicht – also nerv mich bitte nicht." Er sieht aus, als hätte er einen Kampf mit dem Schlamm verloren. Die Kleidung steht vor Dreck, sein linkes Knie ist aufgeschlagen und sein Haar steht wirr in alle Richtungen ab. Der Schweiss klebt ihm im Gesicht.

Jetzt fällt der Blick der Mutter auf sein lädiertes Knie: „Herrje, Kevin, du blutest ja. Die Wunde muss dringend genäht werden", stammelt sie. Doch Kevin winkt nur ab: „Mami, das ist doch nur ein Kratzer. Ich hab jetzt echt keine Zeit für so was."

Unerwartet taucht der Senn auf. Schnurstracks geht er auf Kevin zu, packt ihn an den Schultern und sagt: „Danke für deine Hilfe, das war ein klasse Einsatz. Ich weiss nicht, ob ich es ohne dich geschafft hätte. Hautnah habe ich miterleben können, wie gut du mit Tieren umgehen kannst, wie unerschrocken und einsatzfreudig du bist. Kevin, Leute wie dich können wir hier auf der Alp gut gebrauchen. Falls du magst, biete ich dir gerne ein dreiwöchiges Praktikum auf unserem Hof an. Die Zeit hier oben wird dir eine gänzlich neue Perspektive eröffnen und du kannst erkennen, ob du für eine handwerkliche Lehre taugst oder nicht. Bestimmt weisst du am Schluss etwas konkreter, für welche berufliche Ausrichtung du dich entscheiden willst." Dann dreht er sich zu Kevins Mutter und sagt mit einem Grinsen: „Zusätzlich bringt ihm der Besuch hier oben auch eine wohlverdiente Pause von seiner Mutter." Der Senn lacht, klopft Kevin auf die Schulter und zwinkert ihm zu.

Die Begeisterung des Sennen steckt an – und irgendwie fühlt sich alles hier oben richtig an. Kevin sagt spontan: „Hey Mann, ich mache mit und nehme dein Jobangebot an."

Der Senn ruft begeistert: „Das höre ich gern. Du wirst es nicht bereuen. Viele vor dir haben den Dienst hier oben lieben gelernt – einer kam sogar freiwillig noch einmal zurück."

Die Mutter blinzelt überrascht, versucht zu lächeln. „Oh... äh, ja, das kann sein." Doch das Lächeln verfliegt rasch und sie runzelt die Stirn. Sie wirkt besorgt: „Wartet mal. Ist das nicht vielleicht zu gefährlich und anstrengend für meinen Sohn?"

„Keine Sorge", entgegnet der Senn, „ich werde gut auf ihn aufpassen." Kevin schmunzelt. „Darf ich nächste Woche schon mit den drei Schnupperwochen starten?", fragt er begeistert.

„Ja, klar, wir freuen uns auf dich."

Ich rufe begeistert: „Super gemacht, Kevin. Du hast wirklich super Arbeit geleistet. Deine Mutter kann sehr zufrieden sein mit dir."

Die Mutter zögert kurz, fasst sich dann ein Herz, geht zu ihrem Sohn und sagt mit einem stolzen Lächeln: „Ich bin so stolz auf dich." Sie beugt sich vor und drückt ihm einen Kuss auf die Stirn. „Wie peinlich ist das denn", murmelt Kevin und grinst verlegen. Die Mutter schmunzelt, während er sich den Kuss abwischt.

Da mischt sich der Wirt ein: „Komm, lass mich dein Knie versorgen", sagt er und geht mit Kevin zur Gaststube.

Ich bleibe noch einen Moment sitzen, verabschiede mich von der Mutter und mache mich auf den Heimweg. Kaum bin ich zu Hause angekommen, stelle ich fest, dass meine teuren Wanderstöcke fehlen. Nervös durchsuche ich meinen Rucksack, in der Hoffnung, sie vielleicht doch noch zu finden. Doch die Suche bleibt erfolglos. Der Gedanke, dass meine Wanderstöcke möglicherweise für immer verloren sind, beunruhigt mich, denn ich habe mich inzwischen so an diese Gehhilfen gewöhnt. Zudem sind es nicht einfach nur Wanderstöcke, sondern ein Geschenk eines alten Freundes. Zu meinem Leidwesen kontrolliert er jedes Mal, wenn wir uns zum Wandern treffen, ob ich seine Stöcke auch wirklich noch benutze. Sofort rufe ich die Alphütte an und melde meinen Verlust. Ein Mitarbeiter versichert mir, dass sie meine Stöcke gefunden haben und sie für mich aufbewahren werden.

Etwa zwei Wochen später mache ich mich auf den Weg, um meine dort vergessenen Wanderstöcke abzuholen.

Als ich die Restaurantterrasse betrete, kommt mir ein junger

Mann entgegen. Er trägt einen Kurzhaarschnitt, etwas zu grosse Arbeitskleidung und grüne Gummistiefel. Trotz der neuen Frisur erkenne ich Kevin sofort wieder – nur seine wuchtigen Kopfhörer fehlen. „Guten Morgen, Kevin", sage ich. Er wirkt überrascht und etwas unsicher, antwortet aber mit einem kurzen: „Hallo."

„Ich bin hier, um meine Wanderstöcke abzuholen, die ich vor etwa zwei Wochen hier vergessen habe", erkläre ich. „Mir wurde gesagt, dass sie für mich aufbewahrt werden."

„Ah, ja, ich erinnere mich. Warte kurz, ich hole sie." Er schlurft davon und kehrt kurz darauf mit meinen Gehhilfen zurück. „Hier, deine Stöcke", sagt er und reicht sie mir. Erleichtert nehme ich die Wanderstöcke entgegen, während Kevin mich noch einmal aufmerksam ansieht: „Hey, wir kennen uns doch. Du warst doch letztens mit meiner Mutter und mir am Tisch."

„Stimmt, genau. Puh ... was für ein Tag", erwidere ich.

„Siehst du – ich wusste, du kommst mir bekannt vor."

„Na, Kevin! Mein Superheld – wie geht's dir?"

Mit Stolz berichtet er, dass es ihm hier ausgezeichnet gefällt. Der Wirt und die Bäuerin seien nett, und er fühle sich rundum wohl.

„Ist es nicht manchmal anstrengend?", frage ich.

„Oh ja, voll. Aber es ist echt cool hier. Alles, was ich mach, hat irgendwie Sinn und macht Spass. Die Natur allein bringt schon genug Fun – da vergesse ich fast mein Handy und die Kopfhörer." Plötzlich hält er inne, tastet seine Hosentaschen ab und lacht: „Apropos Handy, ich glaube, ich habe es wieder im Stall liegen lassen."

„Hauptsache, du behältst den Rest im Griff", sage ich.

Er grinst breit: „Ja, schon. Mit dem Bergleben und den ganzen Aufgaben komm ich eigentlich ganz gut klar. Nur mein Zimmer ... das ist immer noch 'ne absolute Katastrophe. Aufräumen krieg ich einfach nicht hin. Und bis jetzt hab ich auch niemanden gefunden, der mutig genug wäre, meinen Taubenschlag mit Helm zu betreten – geschweige denn aufzuräumen."

Ein Bottich voller Chaos

Marina lässt ihren Rucksack auf den Boden fallen, spreizt ihre Arme und rennt zum grossen Bottich hin. Sie jubelt: „Oh mein Gott, was für ein Glücksfall heute. Eine Badewanne unter freiem Himmel."

Und tatsächlich.

Inmitten üppiger Wiesen steht neben einer alten Alphütte ein riesiger Zuber. Der Badebottich ist so gross, dass problemlos mehrere Personen darin Platz finden können. Er wurde mit frischem Wasser gefüllt und in der glatten Wasseroberfläche spiegelt sich das atemberaubende Alpenpanorama wider. Marina schöpft mit der Hand Wasser aus dem Zuber und kühlt sich die Stirn: „Ob man da drin wohl baden darf?"

Ich überlege kurz. „Keine Ahnung", antworte ich, „aber ich kann mir denken, dass die Rindviecher etwas dagegen haben könnten."

„Sehr witzig, zum Brüllen komisch", sagt sie, schält sich aus der Wanderkluft und zieht flugs ihren Bikini an. Für Marina zahlt es sich heute wieder einmal aus, dass sie während der Sommermonate oft und gerne auch ihren Badeanzug auf Wandertouren mitnimmt. Ich habe neben der kompletten Wanderausrüstung nur ein kleines Badetuch und meine grünen Badeshorts dabei.

„Mist, du hast ja gar keinen Schwimmring eingepackt – und ohne den ist Baden in so einem so grossen Fass lebensgefährlich", necke ich Marina.

Sie fasst sich an die Stirn. „Oh ja, stimmt, du hast recht. Und jetzt, wo du's sagst – meinen Seepferdchen-Ausweis hab ich auch vergessen."

Dann stösst sie einen hörbaren Seufzer aus. „Peter, anstatt dauernd krampfhaft witzig zu sein, könntest du mir einfach beim Einsteigen in den Zuber helfen."

Ich lache. „Aber wozu denn? Meine Badenixe schafft das doch locker allein."

„Nein, ich glaube nicht, denn da ist nirgendwo eine Steighilfe montiert", zischt sie. Sie hat recht, es ist nichts Derartiges vorhanden. So eine ist meines Erachtens nicht notwendig und wer weiss, vielleicht ist das so gewollt.

„Die fehlende Steighilfe ist bestimmt pure Absicht", sage ich.

„Wieso?" Marina blickt mich irritiert an.

Ich kratze mir das Kinn. „Na ja, vielleicht macht sich der Alphirt einfach ernsthafte Sorgen um die Gesundheit seiner Tiere – und will sie vor Schaden bewahren."

Marina runzelt die Stirn. „Das verstehe ich jetzt überhaupt nicht. Was willst du damit sagen?"

„Vermutlich ist der Bottich in erster Linie als Tränke für seine Rindviecher gedacht und nicht als Badewanne. Er will nicht, dass seine Tiere nach einer durchzechten Fassparty die schale Brühe, die zurückbleibt, aus dem Bottich saufen müssen."

Marina winkt ab: „Ach, papperlapapp, solch ein Blödsinn. Ich gehe jetzt da rein, es wird schon niemand etwas dagegen haben."

„Und was, wenn der Alphirt es gar nicht gutheisst, dass Fremde ungefragt den Bottich seiner Kühe benutzen?", frage ich ernst.

Marina stemmt die Hände in die Hüften. „Hier steht aber nirgendwo ein Schild mit ‚Baden verboten'", entgegnet sie trocken.

Ich zucke mit den Schultern. „Marina, ein solcher Hinweis braucht es nicht. Es ist eine ungeschriebene Regel, dass man erst um Erlaubnis fragt. Das weiss doch jedes Kind. Fändest du es denn nicht auch störend, wenn ein Fremder die Unverfrorenheit hätte und ungefragt unsere Badewanne zu Hause benutzen würde?"

Marina denkt kurz nach. „Nicht unbedingt – kommt ganz darauf an, wer da in unserer Wanne liegt."

Ich hebe eine Augenbraue und neige leicht den Kopf. „Ah ja? Und an wen denkst du gerade?"

„Ich tendiere zu Biobauer Enzo Blumental oder Steve Lee von Gotthard – keinen von beiden würde ich vom Wannenrand stossen."

Ich runzle die Stirn. „Ernsthaft? Und du würdest mit denen in die Wanne steigen?"

„Nein, wie kommst du denn darauf? Ich würde brav am Wannenrand sitzen und ihnen was vorlesen."

„Oh bitte, wie langweilig."

Marina lacht. „Du glaubst auch wirklich jeden Blödsinn. Natürlich nicht – ich würde ihnen den Rücken einseifen."

„Nur den Rücken?", frage ich und schaue sie neugierig an.

„Ja, nur den Rücken", sagt sie betont unschuldig – und grinst. „Alles andere müsste sich schon versehentlich ergeben."

Abrupt wechselt sie das Thema. Offenbar hat sie keine Lust mehr, mit mir weiter über diese delikate Angelegenheit zu diskutieren.

„Peter, mal ehrlich – denkst du nicht, dass der Bauer diesen Trog auch manchmal zum Baden benutzt?", fragt Marina ernsthaft.

„Doch", antworte ich ruhig. „Davon bin ich überzeugt. Bestimmt gönnt er sich am Ende eines strengen Tages ein erfrischendes Bad darin und ein kühles Bier dazu – um neue Kraft zu tanken."

„Da draussen in der Wildnis – so ganz allein?" Für Marina ist das ein absonderlicher Gedanke.

„Wer weiss, vielleicht geniesst er ja gelegentlich mal ein Bad zu dritt oder zu viert."

„Igitt! Du bist ein Ferkel, Peter – und ein sehr berechenbares obendrein", sagt sie mit einem schiefen Lächeln. „Kaum fällt das Wort Baden, denkst du schon an Gruppenaktivitäten."

Ich muss zugeben, in diesem Moment habe ich tatsächlich nur an dieses Eine gedacht. Unverzüglich versuche ich mich aus der peinlichen Lage, in die ich mich verwickelt habe, herauszuwinden: „Hör mal, Marina. Nur weil mehrere Leute gemeinsam baden, heisst das noch lange nicht, dass daraus eine ausschweifende Ohlala-Party wird."

Marina winkt ab. „Ach, komm schon. Wir beide wissen doch ganz genau, wie solche Bade-Orgien enden."

„Müssen sie aber nicht. So eine Wasserparty kann auch ganz zivilisiert ablaufen", halte ich lächelnd fest.

„Pff, als ob. Das glaubst du doch selbst nicht. Gruppenbäder enden immer im Chaos."

„Nicht zwingend. Lade doch mal zwei deiner Freundinnen zu einem Gruppenbad bei uns ein – ich beweise dir, dass es auch anders geht."

Marina runzelt die Stirn und schaut mich entgeistert an. „Aha, daher weht der Wind. Ich hätte es mir denken können. Das kommt überhaupt nicht infrage. Schlag dir deine frivolen Gedanken sofort aus dem Kopf."

Mir war schon zu Beginn bewusst, dass ich mich mit meiner Ausführung auf ganz dünnes Eis begebe. Ich habe Marina aber absichtlich und mit Freude wieder mal mit einer zweideutigen Anspielung gefoppt, denn ihre Reaktion darauf ist jeweils göttlich.

Marina setzt sich ihr Sonnenhut auf, küsst mich und ruft: „Ab ins kühle Nass."

„Du gehst nun also trotz meiner Bedenken in diese Tonne rein?", frage ich.

„Ja, klar, hilfst du mir bitte."

„Wobei denn?"

„Ach, lass es, ich schaffe es allein."

Marina stemmt sich mit einem Kraftakt hoch, macht zwei, drei unübliche Verrenkungen und schwupp ... sitzt sie oben auf dem Rand. Dann lässt sie sich sanft ins Wasser gleiten und setzt sich auf eine der beiden Innenbänke. „So geht das, selbst ist die Frau", prahlt sie, lehnt sich zurück und geniesst sichtlich die Abkühlung.

Inzwischen ist es heiss geworden, die Sonne brennt unbarmherzig. Ich ziehe meine abgewetzten, grasgrünen Bade-Shorts an und setze mein Käppi auf. Dann fische ich meine letzte Dose Hopfentee aus dem Rucksack, klettere in den Pool und setze mich direkt neben Marina. Das Bier schmeckt inzwischen wie das, worin wir sitzen – lauwarm und ohne jeden Reiz.

Unverhofft tauchen zwei Wandernde auf. Sie winken uns zu und rufen schon von Weitem: „Juhu!"

Marina schaut mich verwundert an: „Wer sind denn die beiden? Meinen die etwa uns?"

„Ja, ich glaube schon, dass ihr Zuruf uns gegolten hat, denn ausser uns ist ja niemand hier." Schnurstracks und mit grossen Schritten steuern die zwei Frauen den Zuber an. Beide tragen lockere Kleidung, einen prall gefüllten Rucksack und viel Sonnenschutz. Einige Meter vor dem Zuber bleiben sie stehen: „Mich laust der Affe. Da steht doch tatsächlich ein Badefass für uns bereit, wie geil ist das denn. Auf in den Bottich", ruft die eine. Die helle Begeisterung ist ihr anzusehen.

„Ursula", sagt die andere, „wir können uns doch nicht einfach dazugesellen. Wir sollten zuerst die beiden im Zuber um Erlaubnis fragen."

Ursula zögert kurz. „Ja, du hast recht – ich kläre das."

Selbstsicher tritt sie an den Bottich heran. „Hallo, ihr zwei! Ihr habt doch sicher nichts dagegen, wenn meine Freundin Regula und ich zu euch in die Wanne steigen?"

„Nein, überhaupt nicht", sagt Marina lächelnd. „Es hat ja reichlich Platz für uns alle."

„Aber klar – sehe ich genauso. Wobei … warum solltet ihr auch etwas dagegen haben?" Marina und ich werfen uns einen fragenden Blick zu.

„Regula, alles geklärt! Die beiden freuen sich auf unsere Gesellschaft."

„Na dann, hopp – rein ins kühle Nass!", ruft Regula.

„Ich muss mich erst noch umziehen", meint Ursula.

„Dann los!", drängt Regula.

„Und du bleibst so lange die Spanner-Bremse, ja?"

„Was? Was soll ich sein?"

„Na, was wohl – Sichtschutz. Eine spanische Wand, Regula."

„Ach so. Sag das doch gleich."

Kurzerhand zerrt Regula ihre leichte Wanderjacke aus dem Rucksack hervor, steht breitbeinig vor ihrer Freundin hin, breitet die Arme weit aus und gibt ihr halbwegs Schutz vor fremden Blicken. Ursula beginnt hastig, sich umzuziehen. Plötzlich ruft sie: „Verdammt, Regula! Du deckst mich nicht richtig ab – man sieht pikante Körperstellen."

Regula stöhnt. „Du meine Güte, jetzt übertreib mal nicht. Du bist doch sonst die Erste, die ohne Handtuch in die gemischte Sauna marschiert."

„Das stimmt doch gar nicht. Ich denke nur nicht immer daran."

„Eben. Genau das ist ja das Problem."

Es raschelt und knistert. „Regula, du bist nachlässig. Konzentrier dich mal auf deine Aufgabe – geh einen Schritt nach links."

„Ursula, du machst dich lächerlich. Ausser uns beiden und den zwei da im Bottich ist kein Mensch hier."

„So, denkst du?", faucht Ursula. „Wenn du dich da mal nicht täuschst. Ich wette, hier lauern überall heimliche Voyeure."

„Ursula", sagt Regula trocken. „Mach dir um die keine Sorgen. So lange spannen die eh nicht – bei dem, was es bei dir zu sehen gibt …" Sie grinst und lässt den Satz offen.

„Noch ein solcher Kommentar, und man wird dich als vermisst melden", kontert Ursula.

Einen Augenblick später hat sie sich ihrer verschwitzten Wanderklamotten entledigt und ihren modischen Bikini angezogen: „Et voilà. Nun aber schnell – rein ins Planschbecken", ruft sie.

„Nur eine Zigarette, dann komme ich nach", sagt Regula. Ursula spuckt demonstrativ in die Hände und beginnt mit dem Einstieg. Derweil flucht sie wie ein Rohrspatz.

„Los, streng dich ein bisschen an, du wirst doch wohl deinen Arsch hochkriegen", spöttelt Regula. Sie freut sich sichtlich über Ursulas Strapazen. Zu uns aller Überraschung steht die aber schneller als gedacht und ohne fremde Hilfe im Becken und betrachtet die majestätischen Gipfel um sich herum. „Ist es nicht herrlich hier drin?", fragt sie und lässt sich ganz selbstverständlich neben Marina nieder. Sie beginnt sofort aufgeregt mit ihr zu plaudern.

Auch Regula will nun nicht länger warten. Sie schlägt sich das Badetuch um die Hüften, schlängelt sich mit überraschender Gelenkigkeit aus ihren Kleidern und ist im Nu badetauglich. Ihre Sonnenbrille schiebt sie sich lässig ins Haar, dann steigt sie ohne grosses Aufsehen in den Zuber. „Macht mal Platz, ihr Pummelchen!", ruft sie vergnügt und drängt sich zwischen Marina und Ursula. Beide stossen gleichzeitig ein empörtes „Aua!" aus. Marina rutscht automatisch ein Stück zu mir, was mich veranlasst, auf die andere Seite des Zubers zu wechseln – es wird mir allmählich zu eng auf dieser Bank.

Kurz darauf erscheint ein grosser Jeep. Ein junger Mann steigt aus und schreitet direkt auf den Zuber zu. Ein ungutes Gefühl steigt in mir auf. „Scheisse, das ist bestimmt der Eigentümer", flüstere ich, sichtlich nervös.
„Na toll, jetzt haben wir den Salat", stöhnt Regula.
Ursula bleibt völlig emotionslos. Mit einer schwungvollen Bewegung springt sie auf, reisst die Arme hoch und ruft ein „Juhu!", während sie dem fremden Mann überschwänglich zuwinkt. Dann stellt sie sich breitbeinig direkt vor die anderen beiden, blockiert ihnen bewusst die Sicht und lacht sie keck an. „Hey, Mädels, Männerbesuch. Bleibt ruhig, kein Grund zur Panik", sagt sie gelassen, während sie ihr Bikinioberteil zurechtrückt. Dann wirft sie sich in Pose. „Regula, wie seh' ich aus?"
Regula mustert sie von oben bis unten. „Im Moment ziemlich verrucht, frivol und leicht betörend", sagt sie und rümpft die Nase.
„Und sonst noch? Los, sag schon", bettelt Ursula.
„Hmm — eindeutig ein Schlafzimmerblick."
„Brillant. Ich werde ihn um den Finger wickeln."
Der Unbekannte bleibt vor dem Zuber stehen. Er wirkt etwas verwirrt. „Was zum Teufel treibt ihr in meinem Bottich?", fragt er.
„Wonach sieht's denn aus?", fragt Ursula keck. „Nach einer Gletscherwanderung?" Sie lacht über ihre eigene Bemerkung und breitet beschwichtigend die Arme aus. „Nur keine Panik, meine Lieben – bleibt einfach locker. Ich habe die Situation im Griff", wispert Ursula und lehnt sich lasziv über den Zuber. Lässig wirft sie dem Fremden einen herausfordernden Blick zu. „Und du... bist?" Die absichtlich unvollendete Frage hängt schwer in der Luft, während sie ihn von oben bis unten mustert. „Ich bin Alphirt, heisse Bruno, und das hier, in dem ihr sitzt, ist mein Zuber." Mit

gespieltem Entsetzen ruft Ursula: „Oh mein Gott – wir planschen also wirklich in deiner Wanne. Bitte entschuldige uns. Wir werden uns natürlich sofort aus deinem Bottich verdrücken." Sie klatscht in die Hände und befiehlt: „Alle raus. Hopp, Mädels, schnell aussteigen, auch wenn die Cellulite schwer an euch hängt."

„Halt deine Klappe, du hast leicht reden", empört sich Regula. Marina stutzt einen Augenblick, steht auf, schaut zaghaft an sich herunter und setzt sich wieder hin. Bruno glättet die Wogen und meint wohlwollend: „Nein, nein, macht euch keine Sorgen. Es kommt zwar nicht alle Tage vor, dass sich Fremde einfach so in meine Tonne setzen – aber da ihr nun schon drin seid und zur Zeit niemand Kühe zur Sömmerung angemeldet hat, könnt ihr ruhig bleiben." Erleichterung breitet sich aus, und die entspannte Stimmung kehrt zurück. Marina watet durch den Pool und setzt sich zu mir. Wahrscheinlich fühlt sie sich bei mir wohler als bei Ursula und Regula. Sie stösst mich an, atmet erleichtert aus und flüstert: „Puh, da haben wir wirklich Glück gehabt, dass Bruno nachgegeben hat und uns hierbleiben lässt. Das hätte auch ganz anders enden können."

„Absolut", sage ich. „Er hätte einen eingeschalteten Föhn ins Wasser werfen können. Oder stell dir vor, er hätte einen Schwarm hungriger Piranhas im Zuber ausgesetzt – dann wäre hier aber wirklich was los gewesen."

„Ach, Peter, du übertreibst wieder masslos. Du schaust eindeutig zu viel Fernsehen."

Ich will gerade etwas erwidern, da zieht Ursula mit einem spöttischen Grinsen die Aufmerksamkeit auf sich. Sie reibt sich vergnügt die Hände. „Na, Bruno, ich ahne, du wolltest hier wohl selbst ein Bad nehmen, stimmt's? Nur zu – unseretwegen musst du ja nicht darauf verzichten. Der Bottich gehört schliesslich dir und er ist ja gross genug für uns alle.

Er erwidert trocken: „Oh, wie rücksichtsvoll von euch. Ich danke euch herzlich für dieses grosszügige Angebot. Es rührt mich zutiefst, dass ihr mich in meine eigene Wanne einladet – und ja, ich nehme es gerne an." Mit einem schelmischen Lächeln fügt er hinzu: „Ich geh nur kurz zum Auto, um mich umzuziehen. Bin gleich zurück. Und übrigens – ich bringe auch gleich ein paar kühle Biere mit." Mit einem leichten Schwung springt er aus dem Bottich und geht lässig davon.

„Bruno, bitte beeile dich, bleib nicht lange weg", ruft Ursula und setzt sich wieder hin.

Regula schimpft: „Herrgott, noch mal, Ursula, du bist so peinlich. Halte dich gefälligst mal ein bisschen zurück."

Ursula winkt ab und sagt keinen Ton.

Einige Zeit später kehrt Bruno zurück – in eine knappe Badehose gehüllt und mit einem Sixpack kalten Biers in der Hand, wie versprochen. Er stellt das Gebinde auf den Rand des Pools, nimmt kräftig Anlauf und taucht mit einem medienwirksamen Satz ins Wasser. Anschliessend verteilt er die Dosen an die Runde, lässt seinen Blick betont langsam über alle gleiten und entscheidet sich schliesslich, sich neben Regula niederzulassen – sehr zum Missfallen von Ursula. Regula wirkt verlegen. Sie errötet leicht und schenkt ihm ein müdes Lächeln. „Bilde dir ja nichts darauf ein."

Ursula hingegen ist von ihm angetan, sie himmelt ihn an. Er ist ein Bild von einem Mann. Sportlich, mit kräftigen Armen und breiten Schultern und einem schönen, gepflegten Vollbart. Unschön ist einzig das schlecht gestochene Tattoo auf seiner kahl rasierten Brust. Ursula versucht bei Bruno zu punkten: „Bist du für den Pool nicht etwas gar warm angezogen?"

Bruno lässt sich nicht beirren und flirtet munter weiter mit Regula. Er versucht mit allen nur erdenklichen Mitteln, ihre Aufmerksamkeit zu gewinnen. Doch sie ist von seinen plumpen Annäherungsversuchen alles andere als begeistert und rückt Stück für Stück von ihm ab. Dabei macht sie ihm unmissverständlich klar: „Bruno, spar dir die Mühe, du bist nicht mein Typ. Bitte lass mich in Ruhe und hör auf damit."

Unbekümmert, als ginge ihn das Ganze gar nichts an, buhlt er weiter um sie. Plötzlich wird es Regula zu viel und sie kann seine Nähe nicht länger ertragen. Wortlos steht sie auf, watet zu uns herüber und setzt sich zwischen Marina und mich. „Der Typ ist so ein eingebildeter Affe", sagt sie und spürt ein leichtes Frösteln ihren Rücken hinunterlaufen. Bruno scheint perplex, bleibt aber sonderbar ruhig. Er lehnt sich zurück und begutachtet lässig seinen durchtrainierten Körper. Dann richtet er sich mit einer betonten Bewegung auf, streckt den Rücken durch und setzt sich kerzengerade hin. Mit einem leichten Grinsen lässt er demonstrativ seine Brustmuskeln zucken. „Wow", brüllt Ursula, „Zugabe, Zugabe."

Regula schüttelt verständnislos den Kopf.

„Oh mein Gott, was für ein Angeber", flüstert Marina. Ich bin ganz ihrer Meinung. Auch mir kommt Brunos Gehabe inzwischen ziemlich suspekt vor. Sein ausgeprägter Geltungsdrang befremdet mich. Ich mag nicht glauben, dass die junge Generation von Alphirt inzwischen mit denselben befremdlichen Allüren auftritt wie die vielen jungen Menschen aus der Stadt. Mich beschleicht ein dumpfes Gefühl.

Weil Regula ihn eiskalt abblitzen lässt, wendet Bruno seine ganze Aufmerksamkeit kurzerhand Ursula zu. Ihre unmissverständliche Aufmunterung für eine Draufgabe versteht er prompt als Einladung. Mit einem vielsagenden Grinsen rückt er dicht neben sie. „Na, du süsser Knusperkeks", flötet er, beugt sich vor und lässt seine Hand beiläufig auf ihrem Knie liegen. Ursula zuckt kurz zusammen, scheint Brunos Berührung aber durchaus zu geniessen. Scheinheilig flüstert sie: „Bruno, nimm sofort deine Hand da weg – ich zähle bis tausend."

Ihr Gesichtsausdruck verrät jedoch, dass sie ihre Drohung nicht ganz ernst meint.

Hingegen reicht es Regula nun vollends und sie will dem ganzen Techtelmechtel ein Ende setzen. Sie sorgt sich um ihre Freundin Ursula, die sich einmal mehr unbedacht ins Feuer wagt. „Bruno, jetzt ist Schluss – hör auf, meine Freundin anzubaggern. Such dir lieber jemand, der zu deinem Kaliber passt." Dann holt sie tief Luft: „Und du, Ursula, beiss nicht gleich in jeden Apfel, du bist so leichtsinnig."

„Bla, bla, bla, du bist solch eine Spassbremse", erwidert sie. „Auf deine mütterlichen und gut gemeinten Ratschläge kann ich gut und gern verzichten."

Bruno schlägt sich sofort auf Ursulas Seite und wendet sich an Regula: „Reg dich nicht künstlich auf, Mauerblümchen, du bist bloss eifersüchtig. Hör auf, ständig an deiner Freundin herumzumeckern."

Ursula schmiegt sich an Bruno: „Da hörst du's", antwortet sie.

Regula gibt sich geschlagen: „Ach, dann mach doch, was du willst."

Plötzlich radelt ein Mann auf einem alten Militärfahrrad heran, bremst abrupt, steigt ab und schiebt sein Drahtesel die letzten Meter bis zum Bottich. Er schaut uns mit grossen Augen an, schlägt seine Hände über dem Kopf zusammen und ruft: „Was zum Henker treibt ihr da?"

„Sieht man das nicht?", fragt Ursula.

„Ich bin mir im Moment nicht sicher, ob ich richtig sehe. Jedenfalls scheint es euch da drin zu gefallen", stellt er nüchtern fest.

Ursula erwidert mit einem schelmischen Grinsen: „Oh ja, wir geniessen es in vollen Zügen. Es macht wirklich unglaublich viel Spass hier. Wenn du mitmachen willst, nur zu."

Marina zögert kurz, dann sagt sie trocken: „Ich hab eine viel bessere Idee. Komm doch einfach morgen wieder – dann sind wir nicht mehr hier, und du hast den ganzen Bottich für dich allein. Mein Männerbedarf ist für heute gedeckt."

Bruno verzieht das Gesicht, sagt aber nichts. Kurzerhand steigt er aus dem Becken. „Ich hol uns noch ein paar Bier. Bin gleich zurück", ruft er und verschwindet.

„Wie aufmerksam von dir", ruft Ursula ihm nach. „Das ist wirklich nett."

Der fremde Mann schaut verwirrt und wirkt sichtlich unsicher. Er wirft sein Fahrrad kurzerhand auf den Boden und stützt die Hände auf die Hüften. Er ruft: „Das ist ja der Gipfel. Euer Benehmen ist unter aller Würde. So etwas habe ich noch nie erlebt. Verschwindet sofort aus *meinem* Bottich, sonst werde ich ungemütlich."

Einen Moment lang bin ich perplex. Habe ich das richtig verstanden? „Stopp, beruhige dich erst mal", sage ich vorsichtig. „Hast du gerade behauptet, das sei dein Zuber?"

„Ja, genau. Ich bin der Alphirt und der stolze Besitzer dieser Viehtränke, in der ihr gerade so vergnügt badet."

Für einen Augenblick ist es mucksmäuschenstill – niemand weiss so recht, ob das nun ernst gemeint ist. Dann hellt sich Ursulas Gesicht auf. „Ausgezeichnet, das trifft sich gut", ruft sie begeistert. „Das Wasser ist leider schon ein bisschen abgestanden – dürften wir vielleicht kurz den Schlauch dort drüben benutzen, um frisches nachzufüllen?"

„Ich gebe euch gleich frisches Wasser", poltert der Senn, „ihr kommt jetzt unverzüglich aus meinem Bottich raus, oder ich rufe die Polizei."

„Ha, ha, ha!" lache ich. „Du kannst unmöglich der Besitzer dieses Bottichs sein – den haben wir nämlich schon kennengelernt."

„Das ist ausgeschlossen, denn ich war den ganzen Tag nicht hier. Und jetzt, du Witzbold, ist Schluss mit lustig. Raus da, sonst wird's hier gleich zappenduster."

Ich halte inne und starre ihn ungläubig an.

Wenn er also der Besitzer dieser Tränke ist – denke ich – *und den ganzen Tag nicht hier war –, dann kann Bruno ja unmöglich der Eigentümer sein.* „Also sag schon – wer ist überhaupt dieser Bruno?"

„Und vor allem, wo bleibt Bruno so lange?", fragt Regula. Langsam beginnt uns ein Licht aufzugehen. „Ich glaube, der taucht nicht mehr auf. Der ist bestimmt schon über alle Berge", sage ich.

Regula meint: „Scheisse, dieser Bruno hat uns alle verarscht."

Marina hält fest: „Wir sind doch tatsächlich auf einen echten Narzissten hereingefallen, auf einen besonders gerissenen sogar. Da taucht dieser Bruno auf, gibt dreist vor, er sei der Alphirt und der Besitzer dieses Badefasses, planscht mit uns im Bottich, lockt uns mit kaltem Bier, spielt den grossen Macker und führt uns an der Nase herum. Wie krank ist das denn." Ursula meint selbstsicher: „Ich habe sofort gemerkt, dass Bruno ein Blender ist. Deshalb habe ich von Anfang an mindestens zwei Meter Abstand zu ihm gehalten."

„Von Anfang an auf Distanz, sagst du? Du warst so nah an ihm dran, dass du ihm die Luft zum Atmen weggenommen hast", sagt Marina.

„Sei du still, spar dir deinen Kommentar."

Jetzt versteht der Senn gar nichts mehr. Er ist völlig verwirrt und wirkt zunehmend irritiert. Offensichtlich ist er aufgebracht. „Was redet ihr für wirres Zeug? Ich höre ständig den Namen Bruno. Ich kenne keinen Bruno, und jetzt, wie es scheint, ist dieser Bruno auf einmal verschwunden. Ich will nichts mehr hören – es reicht jetzt! Schluss, endgültig! Verschwinden sollt ihr!", brüllt der Senn und fuchtelt wild mit den Armen, als wolle er eine startende Maschine einweisen. „Das hier ist kein Planschbecken, das ist die VIP-Tränke für meine Viecher. Und die teile ich sicher nicht mit einer Handvoll Komiker. Los, verschwindet, die Party ist vorbei."

Ich versuche noch, den aufgebrachten Senn zu beruhigen, doch er stapft entschlossen um das Fass herum, mit einem schadenfrohen Grinsen im Gesicht. „Na, dann wollen wir doch mal sehen, wie lange ihr noch baden wollt." Kurzentschlossen öffnet er das Ablaufventil und lässt das Wasser ablaufen, während wir uns ratlos anblicken. Mit verschränkten Armen und in der Pose eines bekannten Superhelden steht er da, während das Wasser langsam auf unangenehmes Pfützen-Niveau sinkt. Uns bleibt nichts anderes übrig, als fröstelnd aus dem Fass zu steigen, während er uns mit einem triumphierenden Blick mustert. „Na, genug gebadet?", fragt er.

Während wir hektisch unsere vielen Sachen zusammen-suchen, verfolgt uns der Senn mit einem missbilligenden Blick. Ursula kämpft damit, ihr nasses Handtuch als Sichtschutz um ihre Hüften zu wickeln und Regula sucht verzweifelt nach ihrer Sonnenbrille: „Ich bin sicher, dass ich sie hier irgendwo hingelegt habe", murmelt sie, halb ärgerlich auf sich selbst, weil sie so zerstreut ist. Marina trocknet sich währenddessen gelassen ab, macht sich fertig, wartet geduldig auf die anderen und beobachtet dabei schmunzelnd, wie Regula weiterhin ihre Brille sucht.

„Siehst du, Marina – das passiert, wenn man sich ungefragt in einen fremden Bottich setzt", sage ich schmunzelnd.

„Ach, Peter, das war's mir wert. So ein Bottich mit Drama erlebt man ja nicht alle Tage", meint Marina und grinst.

Als wir schliesslich alle unsere Sachen zusammenhaben und angezogen sind, stellen wir fest, dass Regula ihre Sonnenbrille die ganze Zeit auf dem Kopf getragen hat. Noch ein letzter Spruch, ein paar verstreute Lacher – dann ziehen wir los.

Immer wieder lachen wir über die ganze absurde Situation und über uns selbst. Marina hatte doch recht: Gruppenbäder enden stets im Chaos, aber sie liefern immer eine gute Geschichte.

Wein, Pflaster und zu viel Tatendrang

Beat stoppt mich, indem er mich am Rucksack zurückhält. Er deutet zum Himmel und macht mich auf die grosse Gruppe Mäusebussarde aufmerksam, die über unseren Köpfen kreist.

„Ja, Beat, ja, ich weiss", sage ich.

„Ich habe noch nie eine so grosse Formation von Raubvögeln gesehen. Wunderschön. Findest du denn gar keinen Gefallen an diesen Vögeln?", fragt er.

„Doch, sehr sogar. Aber ehrlich – keiner von denen sticht irgendwie heraus. Sie sehen alle gleich aus, und mein Bedarf an Mäusebussarden ist für heute mehr als gedeckt."

Beat hebt erneut die Hand und zeigt nach oben. Mehrere Tiere steigen jetzt in grosse Höhen auf und gleiten über das Kulturland. „Schau, wie Papierdrachen", foppt er mich. Ich schenke ihm ein müdes Lächeln. Schlussendlich kann er sich doch noch losreissen und wir können unsere Weinbergwanderung fortsetzen.

Im Rebberg herrscht Hochbetrieb. Überall wird fleissig gearbeitet. Die Aufgaben wirken kräftezehrend, besonders in den steilen Hanglagen, wo ein grosser Teil der Pflege stattfindet. Aus den Reben ertönt ein vielstimmiges Durcheinander, denn viele der Helfer kommen aus dem Ausland. In der Ferne brummt eine Weinbaumaschine. Ich bleibe immer wieder stehen, schaue dem emsigen Treiben zu. Beat rollt die Augen. „Peter, bitte, nicht schon wieder", mault er.

Ich grinse. „Ach komm, sei doch nicht immer so missmutig. Schau dich doch mal um. Ich habe noch nie einen so gepflegten Rebberg gesehen. Wunderschön. Erfreust du dich denn gar nicht an gut unterhaltenen Weinstöcken?", frage ich ihn.

„Nein, ganz und gar nicht. Die sehen doch alle gleich aus – wie ein und derselbe Stock, hundertfach kopiert. Sie machen viel Arbeit, und ich mag Wein eh nicht besonders." Er zuckt mit den Schultern.

Vielleicht erwähne ich das alles nur, weil es eigentlich

überhaupt keinen Sinn macht. Ich könnte jetzt behaupten, diese Episode symbolisiere irgendetwas – Freiheit, Bodenständigkeit oder den ewigen Gegensatz zwischen Himmel und Erde.

Aber nein.

Ich habe sie nur erzählt, weil Beat Bussarde schöner findet als Rebstöcke. Und weil ich fand, das sollte mal jemand dokumentieren. Aus Gründen, die mir selbst schleierhaft sind – aber vermutlich lag's am Wein.

Wie auch immer – wir gehen weiter.

Der Pfad zieht sich nun flacher durchs Gelände, die Rebstöcke liegen bereits hinter uns. Die Sonne brennt unerbittlich vom Himmel, und die Luft flimmert über dem staubigen Weg. Schweigend gehen wir weiter, jeder in seine Gedanken versunken – bis plötzlich eine Frau am Wegrand unsere Aufmerksamkeit auf sich zieht. Sie hockt bemitleidenswert auf dem trockenen Boden und hat ihr rechtes Hosenbein hochgekrempelt. Behelfsweise hat sie ihr aufgeschürftes Knie mit Papiertaschentüchern verbunden. Sie wirkt adrett, sportlich, blond – vermutlich etwas älter als wir. Beat eilt sofort zu ihr und beugt sich besorgt hinunter.

„Mein Gott, was ist dir denn passiert?"

„Ach, nichts Schlimmes, nur eine Bagatelle. Ich bin gestolpert und blöd hingefallen. Jetzt blutet das Knie ein wenig, aber sonst ist alles Banane."

„Nein, gar nichts ist Banane. Die Wunde muss dringend gereinigt und richtig verarztet werden. Warte, ich hole Verbandszeug."

„Lass gut sein, das ist wirklich nicht nötig."

„Doch", beharrt er, „unbedingt – sonst bleiben am Ende noch Narben zurück."

Sie lacht und meint: „Ach, was macht schon eine Narbe mehr oder weniger."

„Papperlapapp, Ausreden lasse ich nicht gelten." Im nächsten Moment stürzt Beat auf mich zu, bedrängt mich und öffnet – ohne zu fragen – ein Aussenfach meines Rucksacks. Nervös wühlt er darin herum. „Verbandszeug – ich brauche Verbandszeug", murmelt er und sucht eifrig weiter, als wolle er einen verlorenen Schatz bergen. Ich seufze. „Du meine Güte, sei doch nicht so nervös." Einen Augenblick schaue ich ihm amüsiert zu, dann helfe ich nach: „Falsches Fach – das Verbandzeug ist in der Bauchtasche." Ich deute mit der Hand dorthin. „Schau da nach."

„Ach so", brummt er und greift hinein. Schliesslich kramt er mein letztes Pflaster und den Desinfektionsspray hervor, kniet sich vor sie hin und untersucht auffallend lange und penibel ihr lädiertes Knie von allen Seiten. Mit übertriebener Gründlichkeit desinfiziert er die Wunde und klebt das Pflaster schliesslich äusserst liebevoll auf die kleine Schürfwunde. Dann legt er seine Hand auf das ramponierte Knie, schaut sie verzückt an und sagt: „So, fertig. Schon bald sieht dieses Knie wieder genauso schön aus wie das andere."

„Ach, du Heuchler", meint sie trocken, bedankt sich fast übertrieben freundlich und legt nach: „Du kannst mein Knie jetzt wieder loslassen." Beat zieht die Hand zurück – etwas zu schnell.

Ich lächle still. Das Nachspiel dieser Szene dürfte noch amüsant werden. Irgendwie scheint er den Ernst der Lage deutlich romantischer zu interpretieren, als nötig wäre. Wie er sich um diese völlig fremde Frau kümmert, grenzt meiner Meinung nach schon fast an Nötigung. Helfen in Ehren – aber das hier wirkt … nun ja, etwas übertrieben. Er übertrifft sich geradezu mit Zuneigungen und Nettigkeiten, obwohl seine Selbstlosigkeit sonst meist im Tiefschlaf liegt. Das lässt mich vermuten, dass es ihm auch diesmal nicht nur um das Wohlergehen der Patientin geht, sondern vielmehr um das weibliche Wesen an sich. Ich sehe mich genötigt, ihn vor einer erneuten Enttäuschung zu bewahren. Aber wie soll man so etwas sagen, ohne dass er es – wie immer – prompt missversteht? Ich versuche es vorsichtig: „Beat, ich denke, weniger Hilfeleistung wäre mehr", flüstere ich ihm zu.

„So ein Blödsinn, du bist doch bloss eifersüchtig." Meine Worte sind bei ihm wieder in den falschen Hals geraten. Vermutlich hätte ich auch sagen können, der Himmel sei blau – er hätte mir trotzdem Eifersucht unterstellt. Beat eben. Ihr müsst wissen, liebe Lesende, dass Beat schon seit Jahren auf der Suche nach der grossen, wahren Liebe ist, die bis jetzt aber ungeachtet seiner unwiderstehlichen Verführungskünste, wie er selbst behauptet, erfolglos geblieben ist. Nach jeder noch so kleinen und netten Geste von einem weiblichen Wesen spielen seine Hormone verrückt und gaukeln ihm kurzerhand vor, er habe diesmal seine Traumfrau gefunden. Ist seine Auserwählte auch noch blond, dann formt sich in ihm ein wahrer Hormon-Tsunami, der seinen Verstand praktisch zum Erliegen bringt. Er ist dann jeweils nicht mehr wiederzuerkennen.

Plötzlich fasst sich die Fremde an den Kopf: „Ups, mir ist schummrig, ich bleibe besser noch etwas sitzen." Beat wird sogleich wieder aktiv, greift in seinen Rucksack und klaubt seine Trinkflasche heraus. Gespannt schaue ich ihm zu, wie er sie erst heftig schüttelt, dann den Deckel abschraubt, hinein äugt, die Flasche wieder verschliesst und zurück verstaut. Er blickt ratlos drein.

„Kann ich dir mit irgendetwas aushelfen?", frage ich beiläufig, obwohl ich längst weiss, was er verbummelt hat.

„Bitte, gib mir dein Trinkgefäss", verlangt Beat.

„Wozu denn?", frage ich trocken.

„Im Ernst jetzt – hast du nicht gemerkt, dass meiner Patientin schwindlig ist? Du bist wirklich unglaublich unsensibel."

Habe ich das richtig gehört? *Seiner* Patientin?

„Sie muss dringend ein paar Schlucke trinken, sonst kippt sie mir noch um", mahnt er.

„Herrje, übertreib mal nicht."

„Gibst du mir jetzt deine Flasche oder nicht?", fleht Beat. Er ist kribbelig und wirkt nervös, was mich unmittelbar dazu bewegt, ihn spasseshalber noch ein wenig hinzuhalten: „Warum benutzt du nicht deine eigene?"

„Das würde ich ja gern, aber sie ist leer."

„Wie bitte? Du hast sie doch nicht etwa leer eingepackt?"

Beat verzieht das Gesicht. „Jetzt fang nicht wieder an. Gib her, deine Pulle."

„Ach, Beat, ehrlich – du bist und bleibst ein hoffnungsloser Fall. Es ist nämlich nicht das erste Mal, dass du mich um meine Flasche bittest. Erinnerst du dich? In einer meiner letzten Geschichten hattest du auch schon nichts zum Trinken dabei, und ich musste wieder aushelfen. Erschrickst du eigentlich nie über deine eigene Schusseligkeit? Oder verdrängst du das inzwischen professionell?"

Beat ist über meine Aussage derart verblüfft, dass er mich mit grossen Augen anschaut und erst gar nichts sagen kann. Dann entrüstet er sich. Er reagiert emotional, denn er nimmt mir das Gesagte übel: „Peter, stopp, warte mal. Ich finde es echt ätzend, wenn ausgerechnet du mich an dieser Stelle der Geschichte mit meiner angeblichen, chronischen Vergesslichkeit vor der gesamten Leserschaft blamierst, obwohl du doch derjenige bist, der für mein Handeln und Tun die Verantwortung trägt. Du bist doch der Vogel, der mir immer wieder ungefragt und mit tiefster Genugtuung die Rolle des leicht verwirrten Tölpels und liebestollen Junggesellen aufzwingt. Du denkst dir den Verlauf dieser verrückten Geschichten aus, mit all ihren schillernden Figuren und den vielfältigsten Charakteren, und bringst sie zu Papier. Also bleib auf dem Teppich und stell mich ja nie wieder vor deiner kleinen, unbedeutenden Leserschaft bloss."

Autsch, der hat gesessen. Niemals habe ich damit gerechnet, dass dereinst eine meiner Hauptfiguren aufbegehrt. Die Zeiten haben sich wahrlich geändert. Gleichwohl bin ich aber keineswegs bereit, die Inhalte und Abläufe meiner zukünftigen Erzählungen immer erst mit meinen Hauptfiguren abzustimmen. Nein, das werde ich niemals tun, wo käme ich dahin? Ich ziehe es vor, mich diesbezüglich auf keine weiteren Diskussionen mehr einzulassen.

Ungern reiche ich Beat meine Trinkflasche. Sogleich hockt er sich neben die Fremde. Er strahlt wie ein Marienkäfer: „Hier, trink ein paar Schlucke, dann fühlst du dich gleich wieder besser."

„Danke, echt lieb von dir, aber ich habe schon, denn ich

habe meine eigene Flasche dabei."

„Na, toll", murmelt Beat und steht genervt auf. Es ärgert ihn, dass seine Hilfsbereitschaft abgewiesen wird und zieht eine beleidigte Miene. Beat ist frustriert, das sieht man ihm deutlich an. Er murmelt etwas Unverständliches. Und, wie könnte es anders sein, ich bin schuld an der ganzen Misere. Er sagt eine Weile nichts, dann dreht er sich zu mir um, sichtlich beleidigt. „Ich habe Durst." Er greift sich meine Flasche, nimmt zwei grosse Schlucke, verzieht das Gesicht und schüttelt den Kopf. „Dein Eistee ist warm und schmeckt wie Knüppel auf den Kopf. Ein Spritzer Zitrone hätte da auch nichts gerettet. Himmel, wenn ich daran denke, dass die arme Verletzte fast davon getrunken hätte – das wäre ja noch schlimmer gewesen. Dein Tee hätte sie sicher um Wochen zurückgeworfen."

„Dann lass es halt, wenn er dir nicht schmeckt. Vielleicht solltest du beim nächsten Mal einfach selbst etwas mitnehmen, statt meinen Tee zu kritisieren." Ich rolle die Augen, um den Streit zu entschärfen, und versuche, das Gespräch in ruhigere Bahnen zu lenken. Ein bisschen Gelassenheit kann jetzt nicht schaden. Ich wende mich der Frau zu, die noch immer auf dem Boden sitzt und sichtlich überfordert wirkt. „Worüber bist du denn gestolpert?"

„Über meine Wanderstöcke", sagt sie mit einem schiefen Lächeln und schaut dann auf ihre Füsse, als wolle sie das Missgeschick noch einmal genau rekonstruieren. Sitzend erzählt sie uns lang und breit, wie sich der Sturz ihrer Meinung nach ereignet haben muss. Beat hört interessiert zu, doch an seiner Miene erkenne ich, dass er eher versucht, Sympathie zu gewinnen, als wirklich zu verstehen, was passiert ist – er setzt dabei auf ihr Mitgefühl. Ständig ruft er dazwischen: „Oh, mein Gott, das ist ja furchtbar." Manchmal beisst er sich dabei auf die Unterlippe.

„So, jetzt versuche ich mal aufzustehen, sonst schlage ich hier noch Wurzeln", sagt sie und lacht.

Beat geht zu ihr hin, reicht ihr seine Hand und fragt: „Darf ich mich als mobile Aufstehhilfe anbieten?"

„Ja, gern, wer kann denn dazu schon nein sagen." Er strahlt

– seine Verdriesslichkeit scheint bereits verflogen. Gott sei Dank. Sie greift nach seiner ausgestreckten Hand, und Beat zieht sie ruckartig hoch. „Aua! Langsam, so eine Scheisse!", poltert sie und reisst sich los. „Vom Arm abreissen war nicht die Rede. Bitte etwas sachter, du barmherziger Samariter", brummelt sie.

Beats Laune kippt schlagartig. Enttäuscht blickt er auf die Hand, die eben noch ausgestreckt war. Er hat es gut gemeint – das weiss er auch –, aber offenbar nicht richtig gemacht. Einen Moment später zuckt er mit den Schultern, als wolle er die Szene so schnell wie möglich vergessen. „Musst du denn noch weit?", frage ich.

„Nein, nein, nur noch ein kleines Stück den Weg entlang. Dort gibt es einen ausgezeichneten Weinkeller mit edlen Tropfen zum Probieren."

„Oh, ja, ein Weinkeller, das klingt gut, ich mag Wein über alles", schwärmt Beat, als wäre er gerade zum Sommelier befördert worden. Seine helle Begeisterung überrascht mich sehr, denn gewöhnlich ist er ein leidenschaftlicher Biertrinker. Ich will gerade etwas dazu sagen, doch da geschieht etwas Unerwartetes: Die Fremde steht auf und geht los, ohne ein Wort zu sagen. Beat schluckt leer. Kann es sein, dass sich seine Angebetete einfach so aus dem Staub macht? Doch dann bleibt sie stehen, dreht sich um und ruft: „Na, los, meine Herren, auf was wartet ihr noch? Kommt ihr mit, oder muss ich allein Wein degustieren?"

Beat scheint ein Stein vom Herzen zu fallen. Sein Gesicht hellt sich auf, Zuversicht kehrt zurück. Er wirkt ganz in seinem Element und murmelt: „Peter, spürst du das? Diese Spannung zwischen uns? Es scheint heute – trotz aller Umwege – doch noch zu klappen."

„Das hast du auch die letzten Male behauptet. Verspiel's bitte nicht wieder, du heisser Esel."

Rasch schliessen wir zu ihr auf. So nach und nach entwickelt sich unter uns dreien eine entspannte Atmosphäre. Wir plaudern wild durcheinander, wir lachen und scherzen und so ganz nebenbei erfahren wir, dass unsere Begleiterin Barbara heisst. Unerwartet zieht Beat davon, bleibt dann abrupt stehen, dreht sich um, breitet seine Arme aus und ruft: „Stopp!" Barbara und ich sehen uns entgeistert an. „Was hast du denn jetzt für ein Problem?", will ich wissen.

„Barbara, es ist höchste Zeit für eine Visite", hält er fest. Unaufgefordert kniet Beat wieder vor ihr und beginnt, ihr Knie zu untersuchen. Er tippt sanft mit dem Zeigefinger auf die lädierte Stelle: „Tut das weh?", fragt er. Sie antwortet nicht, sondern zieht reflexartig ihr Bein zurück. „Aha, wie ich sehe, hast du nach wie vor Schmerzen. Fühlst du dich etwa fiebrig?", fragt er und steht auf. „So oder so, Pflaster wechseln tut dringend Not", meint er überzeugt.

Ich werfe ihm einen bösen Blick zu.

Barbara ist fassungslos. Über das abstruse Handeln dieser charmanten Nervensäge kann sie nur den Kopf schütteln. „Was willst du? Das Pflaster wechseln? Sag mal, hast du ein Rad ab?" Unmissverständlich stellt sie klar, dass sie auf jegliche medizinische Untersuchung und jeden noch so kleinen Eingriff durch ihn liebend gern verzichtet. Damit ist alles gesagt – die Stimmung kippt und wirkt wieder spürbar gedrückt.

Kurze Zeit später erreichen wir den alten und charmanten Weinkeller. Der Raum ist angenehm kühl, aber etwas feucht. Ein erdiger Geruch von Eichenfässern und der Duft von Wein schlägt uns entgegen. Die Wände sind aus dickem Stein gebaut, was eine ausgezeichnete Isolierung bietet. Die Beleuchtung ist gedämpft, und leise volkstümliche Musik spielt im Hintergrund. Der unebene Boden besteht aus braunen Ziegelsteinen, die nicht nur die Feuchtigkeit regulieren, sondern auch leicht zu reinigen sind. In der Mitte des Raums steht die schlichte, aber unentbehrliche Probiertheke, die für Weinliebhaber die gleiche magische Anziehung hat wie der Altar für die Gläubigen. Ausser dem Winzer sind wir die einzigen Gäste. Beat und ich schmeissen unsere Rucksäcke rüpelhaft unter den Tisch, während Barbara ihren ordentlich verstaut. Dann stellen wir uns an den Probiertisch, auf dem kleine Körbe mit geschnittenem Weissbrot und ein paar Weingläser sowie elegante Trinkgläser verteilt sind. Barbara erzählt uns, dass sie aus der Gegend stammt und oft und gerne allein durch diesen Rebberg wandert. Für sie sei ein Zwischenhalt in diesem Weinkeller aus privaten Gründen fast ein Muss. So etwas Blödes wie heute sei ihr bisher noch nie passiert: „Wahrscheinlich war ich kurzzeitig etwas unvorsichtig. Ich mag gar nicht daran denken, was alles hätte passieren können", seufzt sie.

„Oh, mein Gott, hast du Glück gehabt", ergänzt Beat. Er verschiebt sich auf die andere Seite und stellt sich dicht neben Barbara. Ich schüttle den Kopf.

Nun gesellt sich der Winzer zu uns und bringt zwei Karaffen mit frischem Wasser. Er trägt eine robuste Hose, festes Schuhwerk und ein kariertes Hemd. Die Tracht ist schön anzusehen und sie steht ihm wirklich gut. Es stellt sich mir jedoch sogleich die Frage, wie viel Zeit der gute Mann wohl fürs An- und Ausziehen benötigt. „Ich habe eine grosse Auswahl an auserlesenen weissen und roten Weinen", verspricht der Winzer. Wir überlassen Barbara die Wahl. Ohne lange zu zögern, entscheidet sie sich für einen trockenen, weissen Pinot Gris aus der Region. „Der wird euch bestimmt gefallen", meint der Winzer, lächelt überaus freundlich und verschwindet nach hinten. Beat gibt sich alle Mühe, Eindruck zu schinden. Mit einem Schmunzeln erzählt er Anekdoten aus seinem oft turbulenten Alltag – doch der Funke springt nicht über. Barbara lächelt zwar höflich, doch ihr Blick schweift zunehmend ab. Es ist offensichtlich: Sie langweilt sich. *Für Beat wäre Schweigen in diesem Moment wohl die deutlich klügere Strategie,* denke ich. Da ich Beats Lebensgeschichte bereits in- und auswendig kenne und absolut keine Notwendigkeit sehe, sie nochmals zu hören, bummle ich in der Zwischenzeit durch den Weinkeller. Ich erfreue mich an den hölzernen Weinregalen, die hier das Herzstück des Interieurs sind. Sie erstrecken sich entlang der Wände und bieten Platz für eine Vielzahl von Weinflaschen. Besonderen Gefallen finde ich an den bunten und originellen Etiketten. Drei alte, ausgediente, aber fein säuberlich restaurierte Weinfässer stehen in einer Ecke dicht beieinander und dienen als Zierde. An den rotbraun gestrichenen Wänden hängen Auszeichnungen von gewonnenen Preisen, und in einer Ecke ist eine Vielzahl von Fachbüchern von bekannten Weinexperten ausgestellt. Selbstverständlich ist auch ein kleines Angebot an praktischem Weinzubehör zu finden. Als ich zum Probiertisch zurückkehre, bedrängt Beat noch immer Barbara mit seinen Argumenten.

In diesem Moment taucht der Winzer auf, bringt eine Flasche gekühlten Pinot Gris und schenkt uns schweigend ein. „Sehr zum Wohl", sagt er knapp. Er wirft Barbara einen vielversprechenden Blick zu und verschwindet mit der angebrochenen Flasche wortlos im Nebenraum.

Jetzt kann unsere langersehnte Weinverkostung beginnen, gewissermassen auf leeren Magen. Wir heben unser Glas und Barbara prostet uns zu. „Prost. Hoch die Tassen, wer nicht trinkt, hat bestimmt etwas zu verbergen." Während Barbara euphorisch und etwas theatralisch ihren Trinkspruch aufsagt, leeren Beat und ich unser Glas in einem Zug. Unmittelbar danach folgen in kurzem Abstand zwei leise Rülpser und anschliessend ein gemeinsames, wohliges: „Ah."

Was tut Barbara? Sie nippt an ihrem Glas, behält den Schluck einige Sekunden im Mund, macht ein kurioses Zischgeräusch und schluckt die Probe bei gestrecktem Hals hinunter. Sie schwärmt: „Wunderschön, was für ein Gedicht." Ich amüsiere mich köstlich an der wunderlichen und geräuschvollen Darbietung unserer Begleiterin, denn ich habe keinen blassen Schimmer, worin die Verbindung zwischen diesem Weisswein, dem Zischen und einem Gedicht besteht.

Barbaras Gesicht verfinstert sich ein wenig. Sie macht ein perplexes Gesicht: „Du meine Güte, was seid ihr für Stümper. Wir sind doch hier nicht an der Biermesse in München, schämt euch. Wein säuft man nicht wie Wasser, sondern man verkostet ihn mit Herz und Verstand." Beat fühlt sich in keiner Art und Weise angesprochen. Er nimmt sein leeres Glas in die Hand und fordert Nachschub:

„Nachschenken, bitte." Kaum hat er nachbestellt, ist der Winzer auch schon mit der Flasche von vorhin zurück, schenkt gekonnt nach und verschwindet wieder. Wir heben erneut unsere vollen Gläser, sehen einander an und führen – unter Barbaras genauer Anweisung – eine regelrechte Weindegustation durch. „Prost, auf euch, ihr Ignoranten!", ruft sie und lacht.

„Prost, auf dein Knie", antwortet Beat.

„Und auf deinen Geschmackssinn – möge er uns noch lange erhalten bleiben", ergänze ich.

Kaum haben Beat und ich das Glas angesetzt, da flötet sie: „Stopp, noch nicht trinken, erst noch schwenken und riechen."

„Was müssen wir?", frage ich grinsend und schaue Barbara ahnungslos an.

„Vor dem Verkosten ist es unerlässlich, das Glas zu schwenken – so kann man den Wein besser riechen. Mit dem Duft bereitet man das Gehirn auf den Geschmack vor", erklärt Barbara mit Kennerblick. Dann schwenkt sie ihr Glas so schwungvoll, dass sich ein regelrechter Wein-Tsunami an der Glaswand auftürmt. Sie hält es ganz dicht an ihre feine Nase, schnuppert kurz, aber intensiv, nimmt einen kräftigen Schluck, schnalzt genussvoll mit der Zunge und schwärmt: „Absolut der Hammer – dieses Bouquet ist einfach unschlagbar."

Beat schaut sich fragend um. „Welches Bouquet? Ich sehe hier nirgends Blumen", witzelt er und grinst breit. Er wirkt bereits leicht beschwipst – der leere Magen zeigt Wirkung. Ich verkneife mir das Lachen und bleibe tapfer ernst.

„So, jetzt seid ihr dran – kostet", fordert Barbara uns auf. „Und denkt daran: Beim Verkosten ist es entscheidend, den Wein unter den Gaumen zu drücken."

Unter den Gaumen drücken? Ich versuche es – mehrfach. Doch der Wein weigert sich standhaft, dorthin zu gelangen, wo Barbara ihn haben will. Ich gebe auf – offenbar ist das mit dem „unter den Gaumen drücken" eine Kunst für Fortgeschrittene. Ich beschliesse, es dabei zu belassen und mich stattdessen dem nächsten Programmpunkt zu widmen.

Unter Barbaras scharfen Blicken schwenken, pressen, verkosten, schnalzen und nippen wir den Wein, dass es nur so eine Freude ist. „Mmh, wahrlich, ein guter Tropfen", bekräftige ich.

„Sehr süffig", stellt Beat fest.

„Wie bitte?", fragt Barbara. Sie ist ratlos. „Wahrlich, ein guter Tropfen und sehr süffig ist alles, was ihr nach der Verkostung von diesem guten Wein zu sagen habt? Was seid ihr doch für zwei Banausen. Dieser Weisswein ist ein besonderer Tropfen, ein edler und frischer Wein und vor allem ist er sehr fruchtig."

„Fruchtig? Schwärmst du hier gerade von deinem selbst gemachten Fruchtsalat?", spöttelt Beat. Dann lacht er ohne Unterbruch. Sein Übermut steckt mich ungewollt an und ich feiere mit. „Bitte, Herr Ober, noch einmal volltanken", bestelle ich. Schon kurze Zeit später sind unsere Gläser wieder voll. Barbara hat ihr Weinglas kopfüber hingestellt und verhindert so das Nachfüllen. Offensichtlich weiss sie genau, wann sie genug hat. Beat und ich hingegen trinken weiter und ganz allmählich entfaltet der Alkohol seine volle Wirkung. Beat fängt an, abgenutzte Witze zu erzählen, und ich finde jeden noch so zweideutigen Scherz auf einmal urkomisch. Barbara hingegen bleibt ruhig und gelassen. Sie verschränkt ihre Arme und verzieht keine Miene.

„Beat, du bist betrunken. Iss ein Stück Brot und trinke etwas Wasser, bevor du weiter *kostest*", bitte ich meinen Kumpel inbrünstig, denn ich bin besorgt.

Er hält einen Moment inne: „Jawohl, Herr Pfarrer." Hierauf greift er sich eine Scheibe Brot aus einem der Körbe, teilt sie, streckt mir und Barbara ein Stück zu und sagt: „Nehmet hin und esst, das ist mein Leib, der für euch gegeben wird." Beat bringt mich mit seiner Flause ausgerechnet in dem Moment zum Lachen, als ich am Trinken bin. Ich verschlucke mich und beginne laut und heftig zu Husten. Unverzüglich klopft er mir auf den Rücken und reicht mir sein Glas: „Dies ist mein Wein. Nimm, trink den Wein, der für viele vergossen wird zur Vergebung der Sünden." Peng, der sitzt. Der überraschende Scherz passt exakt in die inzwischen ausgefallene, überbordende Stimmung, und ich erfreue mich an seiner spontanen Einlage als Folge von zu viel Alkohol. Mein ungebändigtes Lachen fordert Beat fälschlicherweise dazu auf, mit seiner ausgelassenen Fröhlichkeit weiterzumachen und seinem wachsenden Übermut freien Lauf zu lassen. Schliesslich fängt er an zu singen, grottenschlecht zwar, dafür aber laut. Ungehemmt fordert er Barbara zum Tanzen auf, die kategorisch ablehnt. Beat gibt sich trotz Barbaras Abfuhr keineswegs geschlagen. Er nimmt einen weiteren Anlauf und diesmal fällt seine Wahl auf mich. Ich fühle mich aber weder in Stimmung noch ist Beat mein Typ; also erteile auch ich ihm einen Korb. Ernüchtert von den beiden Misserfolgen rockt er wie selbstverständlich das Tanzparkett allein. Es ist kein schönes Bild, das er abgibt. Seine Tanzeinlagen sehen verkrampft und steif aus, und zwischendurch macht er einen ungewollten Seitenschritt.

Die gut gemeinte Weindegustation gerät definitiv in Vergessenheit, unsere Selbstkontrolle schmilzt dahin und unsere Gemütslage liegt am Boden. Mir wird plötzlich schwindelig und Barbara hat augenblicklich und definitiv genug. Sie fühlt sich gestresst und ihr ist mulmig zumute. Sie packt ihren Klimbim zusammen: „Mir reicht's definitiv. Ich hab genug von diesem Affenzirkus", sagt sie kopfschüttelnd und verschwindet nach draussen.

Unmittelbar danach taucht der Winzer wieder auf. Diesmal hat er aber keineswegs die Absicht, unsere leeren Gläser aufzufüllen. Stattdessen knallt er murmelnd die Rechnung unserer Zeche auf den Tisch, beklagt sich lautstark über unser ungebührliches Benehmen und fordert uns auf, das Lokal augenblicklich zu verlassen. Dann geht er nach draussen, nimmt Barbara bei der Hand und gemeinsam ziehen sie los. Als Beat mitansehen muss, wie sich seine Angebetete kommentarlos und ohne ein Wort des Abschieds mit dem Winzer aus dem Staub macht, trifft es ihn sichtlich. Er wird still, fast traurig. Ich begleiche die offene Zeche, lege ihm beruhigend eine Hand auf die Schulter, und gemeinsam – etwas nachdenklicher als zuvor – machen wir uns auf den

Heimweg. Schon nach kurzer Zeit verlangt Beat nach einer Pause. Seufzend setzt er sich hin. Er fühlt sich leer und niedergeschlagen. Nach aussen hin spielt er den Wütenden – wütend über den Verlauf dieser Geschichte, über Barbara, und vor allem über mich, den Autor, der ihn im entscheidenden Moment im Stich gelassen hat. Dass er am Ende nicht in ihren Armen liegt, sondern zusehen muss, wie sie mit dem Winzer verschwindet, kann er mir nicht verzeihen. Er sagt kein Wort mehr. Sein Blick spricht Bände. Dann geht er – als wollte er mich und meine Geschichte endgültig hinter sich lassen.

Ich schlucke schwer, sehe ihm nach – und rufe schliesslich: „Beat, warte." Schnell schliesse ich zu ihm auf und versuche, ihn zu trösten. „Bitte bleib fluffig – lass deswegen den Kopf nicht hängen." Beat sieht mich ernst an – plötzlich wirkt er ungewohnt melancholisch. „Peter, du bist mein bester Freund. Und ich wünsche mir nichts sehnlicher, als dass diese Geschichte ein anderes Ende nimmt – mit ein bisschen Fantasie, ganz viel Gefühl und ungefähr so viel Aufwand wie bisher machst du doch locker aus diesem billigen Groschenroman eine epische Liebesgeschichte. Mit Barbara und mir in den Hauptrollen. Und einem unvergesslichen Happy End."

Ich seufze tief. „Beat, ich weiss, aber ..." Er hebt die Hand und unterbricht mich. „Peter, gib dir einen Ruck – schreib die Story zu meinen Gunsten neu."

Ich sehe ihn ernst an. „Beat, das klingt zwar verlockend, aber wenn ich bei dir anfange, stehen bald alle anderen Figuren bei mir auf der Matte. Wo kämen wir denn da hin? Das wird ein einziges Chaos. Und hast du überhaupt eine Ahnung, wie viel Arbeit das wäre?"

Beat grinst plötzlich und zwinkert mir zu. „Na gut – dann vielleicht einfach mit einem glücklichen Ausgang für mich?"

Ich denke kurz nach. „Muss es denn unbedingt ein Happy End sein? Die meisten Geschichten enden doch ohnehin irgendwie gut."

„Aber Peter, denk doch an die Leser. Die wollen was fürs Herz – und am liebsten: Kitsch." Ich kratze mir nachdenklich das Kinn. „Hat der Herr vielleicht eine Idee, wie so ein kitschiges Happy End aussehen könnte?"

Beat denkt kurz nach und schmunzelt. „Peter, lass mich auf einem weissen Pferd erscheinen", sagt er mit leuchtenden Augen.

„Ich halte deine Idee mit dem weissen Ross für ein bisschen übertrieben."

„Das ist mir egal. Wichtig ist nur, dass ich mein Happy End bekomme. Und wenn ich dann auch noch in Zeitlupe in Barbaras Arme laufen kann, würdest du mir einen riesigen Gefallen tun."

Ich lache, schüttele den Kopf. „Okay, ich seh mal, was sich machen lässt. Aber wehe, die anderen Figuren kriegen Wind davon."

„Keine Sorge", sagt Beat. „Ich sag keinem was. Deal?"

„Deal", antworte ich – und beginne schon zu überlegen, wie ich das mit dem weissen Pferd hinbekomme.

Peter Schädeli wurde im November 1955 in Basel als ältestes von drei Kindern geboren. Im Laufe der Jahrzehnte war sein Leben von unterschiedlichsten beruflichen Stationen geprägt, ehe er im November 2020 in den Ruhestand trat. Seine stille Leidenschaft für das Schreiben entdeckte er erst spät – doch dafür mit umso mehr Hingabe. Zu seinen liebsten Freizeitbeschäftigungen zählt das Wandern. Auf zahlreichen Touren begegneten ihm immer wieder skurrile Situationen und besondere Menschen, die ihm als Inspirationsquelle für seine lebendigen, mit feinem Humor erzählten Kurzgeschichten dienten.

Sue Bebie
Lektorin

Sue wurde 1958 in Horgen, einer Kleinstadt in der Nähe von Zürich geboren. Nach Abschluss der Mittelschule (Musisches Profil) studierte sie an der Universität Zürich während zweier Jahre Pädagogik, Soziologie und Publizistik. Sie leitete diverse Graffiti-Workshops an verschiedenen Oberstufenschulen, arbeitete als Primarlehrerin und erteilte neben anderen Fächern Bildnerisches/Textiles und Technisches Gestalten an der Primarschule.
Sue Bebié ist Autodidaktin und Freelancerin und arbeitet als Visual Artist, Lektorin und Illustratorin.

www.suebebie.com